中华精神家园

博大文学

英雄赞歌

三大英雄史诗与内涵

肖东发 主编　秦贝臻 编著

中国出版集团

现代出版社

图书在版编目（CIP）数据

英雄赞歌 / 秦贝臻编著. — 北京：现代出版社，
2014.10（2019.1重印）
（中华精神家园书系）
ISBN 978-7-5143-2976-6

Ⅰ. ①英… Ⅱ. ①秦… Ⅲ. ①英雄史诗－介绍－中国
Ⅳ. ①I222.7

中国版本图书馆CIP数据核字(2014)第236583号

英雄赞歌：三大英雄史诗与内涵

主　　编：肖东发
作　　者：秦贝臻
责任编辑：王敬一
出版发行：现代出版社
通信地址：北京市定安门外安华里504号
邮政编码：100011
电　　话：010-64267325　64245264（传真）
网　　址：www.1980xd.com
电子邮箱：xiandai@cnpitc.com.cn
印　　刷：固安县云鼎印刷有限公司
开　　本：710mm×1000mm　1/16
印　　张：9.75
版　　次：2015年4月第1版　　2021年3月第4次印刷
书　　号：ISBN 978-7-5143-2976-6
定　　价：29.80元

　　党的十八大报告指出："文化是民族的血脉，是人民的精神家园。全面建成小康社会，实现中华民族伟大复兴，必须推动社会主义文化大发展大繁荣，兴起社会主义文化建设新高潮，提高国家文化软实力，发挥文化引领风尚、教育人民、服务社会、推动发展的作用。"

　　我国经过改革开放的历程，推进了民族振兴、国家富强、人民幸福的中国梦，推进了伟大复兴的历史进程。文化是立国之根，实现中国梦也是我国文化实现伟大复兴的过程，并最终体现为文化的发展繁荣。习近平指出，博大精深的中国优秀传统文化是我们在世界文化激荡中站稳脚跟的根基。中华文化源远流长，积淀着中华民族最深层的精神追求，代表着中华民族独特的精神标识，为中华民族生生不息、发展壮大提供了丰厚滋养。我们要认识中华文化的独特创造、价值理念、鲜明特色，增强文化自信和价值自信。

　　如今，我们正处在改革开放攻坚和经济发展的转型时期，面对世界各国形形色色的文化现象，面对各种眼花缭乱的现代传媒，我们要坚持文化自信，古为今用、洋为中用、推陈出新，有鉴别地加以对待，有扬弃地予以继承，传承和升华中华优秀传统文化，发展中国特色社会主义文化，增强国家文化软实力。

　　浩浩历史长河，熊熊文明薪火，中华文化源远流长，滚滚黄河、滔滔长江，是最直接的源头，这两大文化浪涛经过千百年冲刷洗礼和不断交流、融合以及沉淀，最终形成了求同存异、兼收并蓄的辉煌灿烂的中华文明，也是世界上唯一绵延不绝而从没中断的古老文化，并始终充满了生机与活力。

　　中华文化曾是东方文化摇篮，也是推动世界文明不断前行的动力之一。早在500年前，中华文化的四大发明催生了欧洲文艺复兴运动和地理大发现。中国四大发明先后传到西方，对于促进西方工业社会的形成和发展，曾起到了重要作用。

　　中华文化的力量，已经深深熔铸到我们的生命力、创造力和凝聚力中，是我们民族的基因。中华民族的精神，也已深深植根于绵延数千年的优秀文化传统之中，是我们的精神家园。

　　总之，中华文化博大精深，是中国各族人民五千年来创造、传承下来的物质文明和精神文明的总和，其内容包罗万象，浩若星汉，具有很强的文化纵深，蕴含丰富宝藏。我们要实现中华文化伟大复兴，首先要站在传统文化前沿，薪火相传，一脉相承，弘扬和发展五千年来优秀的、光明的、先进的、科学的、文明的和自豪的文化现象，融合古今中外一切文化精华，构建具有中国特色的现代民族文化，向世界和未来展示中华民族的文化力量、文化价值、文化形态与文化风采。

　　为此，在有关专家指导下，我们收集整理了大量古今资料和最新研究成果，特别编撰了本套大型书系。主要包括独具特色的语言文字、浩如烟海的文化典籍、名扬世界的科技工艺、异彩纷呈的文学艺术、充满智慧的中国哲学、完备而深刻的伦理道德、古风古韵的建筑遗存、深具内涵的自然名胜、悠久传承的历史文明，还有各具特色又相互交融的地域文化和民族文化等，充分显示了中华民族的厚重文化底蕴和强大民族凝聚力，具有极强的系统性、广博性和规模性。

　　本套书系的特点是全景展现，纵横捭阖，内容采取讲故事的方式进行叙述，语言通俗，明白晓畅，图文并茂，形象直观，古风古韵，格调高雅，具有很强的可读性、欣赏性、知识性和延伸性，能够让广大读者全面接触和感受中国文化的丰富内涵，增强中华儿女民族自尊心和文化自豪感，并能很好继承和弘扬中国文化，创造未来中国特色的先进民族文化。

2014年4月18日

东方荷马史诗——格萨尔王传

蒙古族的瑰宝——江格尔

柯尔克孜的民族魂——玛纳斯

格萨尔王传

　　《格萨尔王传》是我国藏族人民集体创作的一部伟大英雄史诗，历史悠久，结构宏伟，卷帙浩繁，内容丰富，气势磅礴，流传广泛，是世界上唯一的活史诗，有上百位民间艺人，在我国西藏、四川、内蒙古和青海等地区，传唱着英雄格萨尔王的丰功伟绩。

　　《格萨尔王传》蕴含着原始社会的形态和丰富的资料，代表着古代藏族文化的最高成就。史诗从生成、基本定型到不断演进，包含了藏民族文化的全部原始内核，具有很高的学术价值、美学价值和欣赏价值，是研究古代藏族社会的一部百科全书，被誉为"东方的荷马史诗"。

饱含浪漫主义色彩的史诗

那是公元1世纪前后至公元6世纪，那时正是藏族氏族社会解体至奴隶制形成时期，在藏区有互不统属的众多部落和若干小邦，相互之间兼并战争不断，人们饱受着战乱之苦。

在这种情况之下，人们都非常期盼能够有一位智慧与力量并重的英雄，拯救他们脱离这种生活，于是人们就开始想象有一位英雄人物的出现。

到了6世纪初，从雅砻河谷崛起的吐蕃王，在青藏高原上征服

■松赞干布（617年—650年），13岁即赞普位。即位后，缉查凶手，训练军队，很快平息各地叛乱，统一各部，定都逻些，即今拉萨，建立了吐蕃王朝。完成西藏的统一后，建立政治和军事机构，制定法律、税制，发展生产，使社会经济繁荣，人民生活太平，呈现中兴之势。

■《格萨尔王传》

了许多小部落，成为了青藏高原上的最强势力之一，人们看到了英雄的力量。

于是，人们为了纪念自己钦佩敬仰的英雄，便把他们超人的智慧和力量，以及他们的丰功伟绩，再结合自己的愿望，集中在一个人身上，这个人就是他们想象中的英雄人物——格萨尔。然后他们用口头叙述的形式把自己心中的英雄说了出来，唱了出来。

随着人们口口相传，并不断得到丰富和发展，这就形成了藏族独有的重要艺术形式的史诗，这便是《格萨尔王传》。

在《格萨尔王传》开头一段便说：

> 这时候，人间正是一个非常混乱的时期，妖魔鬼怪到处横行，各个地方差不多都被他们霸占着，善良无辜的老百姓遭受他们的欺凌和迫害，没有好日子过。

部落 部落一般指原始社会民众由若干血缘相近的宗族、氏族结合而成的集体。形成于原始社会晚期，有较明确的地域、名称、方言、宗教信仰和习俗，有以氏族首长和军事首领组成的部落议事会，部分部落还设最高首领。

■ 松赞干布与文成
公主塑像

文成公主（625
年—680年），
唐代皇室远支，
任城王李道宗之
女。640年奉唐
太宗之命和亲吐
蕃，成为吐蕃赞
普松赞干布的王
后，在吐蕃被尊
称为甲木萨。文
成公主聪慧美
丽，自幼受家庭
熏陶，学习文
化，知书达理，
并信仰佛教，
她对吐蕃贡献
颇多。

的确，这正是当时藏族地区奴隶社会的现实。与
此同时，随着佛教传入藏族地区，人们的思想也受到
了很大影响，这便为《格萨尔王传》增添了一抹宗教
色彩。

在6世纪以前，当地藏族居民信奉着一种原始宗
教叫"苯教"。苯教俗称"黑教"，是植根于西藏原
始社会时期的一种巫教。苯教崇拜万物有灵，以动物
为牺牲来祈福消灾，占卜吉凶，驱鬼辟邪。

传说吐蕃先王以苯教治理，直至7世纪时，苯教
首领在赞普部落中，还保持较高的地位。7世纪初，
松赞干布建立了吐蕃，为了促进吐蕃的文明富强，他
先后与唐王朝和尼泊尔联姻，迎娶了唐王朝的文成公
主和尼泊尔的尺尊公主，还建造了大昭寺和小昭寺，
供养着两位公主带来的佛像、经典和佛教法物等。

松赞干布还派遣了以大臣吞米桑布扎为首的16名贵族后裔去印度留学，并仿效印度梵文，创造了藏文。松赞干布运用新创的藏文，翻译那些在印度留学贵族带回来的大乘佛经，开始了西藏的译经。

松赞干布还依佛说的十善法制定了法律，又规定了16条人道伦理法规，提倡人们信仰佛教。

到了赤德祖赞时代，也就是704年至755年，佛教才逐渐在吐蕃境内传播开来。

在这一时期，随着佛教的广泛传播，佛教经典中的人物故事、语言风格、价值观念等，对藏族的文学繁荣发展起到了很大促进作用，所以在《格萨尔王传》流传中，关于格萨尔的身世，就打上了强烈的佛教和苯教色彩。

《格萨尔王传》中描述，据说在很久以前，在上方天国里，住着一位白梵天神。他的妃子名叫绷迥杰姆，他们夫妇一共生了3个儿子。大儿子名叫顿尕，二儿子叫顿雷，三儿子叫顿珠尕尔保。顿珠尕尔保是3个儿子当中最小的一个，他聪明英俊，智慧过人，诸般武艺，样样精通。

在此时，下界人间正是一个非常混乱的时期，妖魔鬼怪四处横行。大慈大悲的观音菩萨看到

观音菩萨 他相貌端庄慈祥，经常手持净瓶杨柳，具有无量的智慧和神通，大慈大悲，普救人间疾苦。当人们遇到灾难时，只要念其名号，便前往救度，所以又称观世音。

■ 藏族用来驱鬼辟邪的木牌画

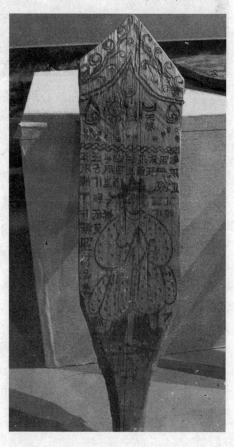

■掐丝唐卡

白梵天神 藏文名字叫"昌巴"。他生有四个头两只手，这一点同印度的白梵天是相同的。可是，西藏大神殿中白梵天神经常是长着普通人的样子，即一头两手，身色为白色，所以，西藏民间经常称他为白梵天神。西藏人有时也把这位神灵叫作帝释天，是吉祥而又善良的神灵。

人间发生的这一切后，顿生怜悯之心，将所看到的一切报告给了白梵天神，请求派遣一位神子下凡拯救人间灾难。

经过反复考虑，白梵天神决定派遣3个儿子当中的一个下凡。大家都说顿珠尕尔保这个孩子虽然很小，却聪明伶俐，英勇异常，如果派他到人间降伏妖魔，必能旗开得胜，马到成功。

白梵天神虽然同意派一个儿子下界降伏妖魔，但究竟派哪一个呢？心里还是犹豫不决。于是，他把3个儿子都叫到面前说道："我心爱的儿子们，你们3个给我仔细听着，现在下界人间，妖魔横行，百姓每天遭受蹂躏迫害，生活在水深火热之中。你们3个都是我的心头肉，都像我的眼珠一般，哪一个我都心疼。

但是，现在人间百姓有了灾难，我们岂能视而不见、坐视不救呢？所以，无论如何，你们3个当中要有一位到人间去降伏妖魔，究竟谁去好，你们自己商量吧！"

3个孩子听完父王的一番话后，就在一起商量起来。商量来商量去，除了相互推诿以外，谁也不愿自告奋勇。最后，顿珠尕尔保想了一个万全之策，他说："我们用射箭、抛石子、掷骰子比赛来决定各自的命运吧！"

　　两个哥哥欣然同意了他的这个办法。经过激烈而紧张的比赛之后，下凡的使命便落在小儿子顿珠尕尔保的身上。顿珠尕尔保的母亲知道此事后，便告诉儿子人间不像天国这样幸福。先下去看看，如果确实很苦，就另外找人顶替。于是顿珠尕尔保就变成一只鸟，离开天国，飞向人间。

　　顿珠尕尔保飞到了一个大地方，这个地方名叫岭尕尔，是一个平坦的大草原，草原上散布着牧民们居住的黑牦牛帐篷，犹如天上的群星散落在地上，这是一个景色非常美丽的地方。

　　但是，这里居住的人们却生活得非常悲惨。他亲眼目睹岭尕尔到处妖魔横行，百姓生活在水深火热之中，这使他十分震惊。

　　于是，顿珠尕尔保快速飞回天国，向父母禀报了他在人间所看到的一切，表示下决心要到人间，为民除害，为百姓造福。

　　他向父王索要了各种武器，有盔甲、弓箭、战马、鞍具、帐篷，父母还给他准备了卜卦、预言、下凡降生地点、投胎母亲、烧茶做饭的妻子等。

　　住在莲花光宫殿的莲花

莲花生大士 或莲华生大师，是建立藏传佛教前弘期传承的重要人物，西藏密宗红教开山祖师，常被尊称为大师、大士、咕噜仁波切等。8世纪，莲花生入藏，帮助西藏正式建立了佛教传播的基础，因此受到藏族人民的爱戴，尊奉他为藏密的开基祖，是宁玛派的传承祖师。

■苯教文化绘画

生大士，开始为神子顿珠尕尔保寻找投生父母的种族和门第。他看到藏区有6个原始氏族，即竹贡居如族、达隆噶司族、萨迦昆氏族、法王天氏族、琼波鸟氏族和乃东神氏族，这些种族虽然高贵，但是，土地、庶民和教化之土等都不适宜顿珠尕尔保的生长。

莲花生大士再把注意力集中在了那噶竹董三族、色穆冬三族和白扎达三族，发现其中的穆布冬族，祖上出自玛桑念神，这一族中有一个国王名叫曲拉潘，他有3个儿子，长子名叫戎查叉根，次子叫晁同，幼子叫僧隆。

■ 莲花生大士铜像

在这3个儿子中，唯有幼子僧隆贤德善良，心地宽宏，品性温和，血统纯正圆满，曾是位大菩萨的种姓，所以就把僧隆选为了神子顿珠尕尔保投胎人间的父亲。

莲花生大士认为神子顿珠尕尔保的生母应该来自龙族，而顶宝龙王有一个女儿，她是地遁空行母，可以设法把她招到人间，去做神子的生母。

同时，莲花生大士还让光明佛母投胎到人间，去做顿珠尕尔保在人间的妻子。还让全身武装的战神九

龙王 龙是我国古代神话的四灵兽之一，龙王则是指传说中在水里统领水族的王，掌管兴云降雨。在道教中有以海洋为区分的四位龙王，即"四海龙王"。

兄弟，也一并跟顿珠尕尔保投胎到人间。

另外，莲花生大士还赐给顿珠尕尔保一匹马头明王加持过的宝马，这样就能保证顿珠尕尔保在人间的事业顺利完成。

莲花生大士这样全面考虑以后，对神子顿珠尕尔保说道："你要到荒芜的雪域藏土，去教化那里难以调教的众生，我要给你指明一切缘起的条件，请你牢记在心！"

神子顿珠尕尔保听了莲花生大士的教诲，便立下了誓言：

明王　明，即破愚闇之智慧光明，即指真言陀罗尼。明王有二义，一指真言陀罗尼之王，如佛顶一字真言为佛部之明王。二指一般所习称之明王，如降三世明王为密教诸尊之一。降三世明王等为教化难调之众生，而显现忿怒相。

　　抑强扶弱，惩处妖魔，拯救生灵，做
黑头人的君长的。

从此，神子顿珠尕尔保在天界死去了，开始投胎人间。这个转世投胎到人间的神子顿珠尕尔保，便是

■莲花生大士像

藏传佛教 或称藏语系佛教，曾被称为喇嘛教，是指传入西藏的佛教分支。藏传佛教，与汉传佛教、南传佛教并称佛教三大体系。藏传佛教是以大乘佛教为主，其下又可分成密教与显教传承。

后来的格萨尔。

从萨格尔投胎转世的这部分可以看出，他是释迦佛的弟子，是莲花生大士的遣使，他有高超的密宗修持功夫，是人神之间唯一的结合体。

因此，他的智慧、英明全有赖于佛的启示。由此看来，佛教对《格萨尔王传》的影响是十分深远的。

苯教对格萨尔的影响体现在宇宙观上。在《格萨尔王传》中，格萨尔是作为天界中白梵天神的三王子、中界念神的后裔和下界顶宝龙王的外孙出现的，其血统之特别高贵，跟苯教的宇宙观有着密不可分的关系。

苯教把世界分为了天界、中界、下界三个部分。天界住的是天神，中界住的是地祇，下界住的则是龙神。这三种神灵以不同的方式主宰着人类自然界中的一切。

而格萨尔正是集天神、地祇和龙神于一体的人，所以才能够带领将士四处讨伐妖魔，建立一个祥和的国家。因此，苯教对《格萨尔王传》的影响也是巨大的。

在10世纪初，西藏地区进入封建社会，原来割据一方的吐蕃大臣，又积极开展复兴佛教的活动。不过，这时兴起的佛教，在与苯教进行的长达300多年斗争

■莲花生大士

中，开始互相吸收和融合，并随着封建因素的增长，形成既有独特地方色彩，又有深奥佛教哲学思想的地方性佛教，即藏传佛教。

总之，在藏族社会发展的几个重要时期，佛教与苯教都对《格萨尔王传》的创作、流传和发展产生过影响，各个重要历史时期的发展变化，都在这部史诗里得到直接或间接的反映。

宗教意识使格萨尔王具有超凡脱俗的能力，史诗也因此带上了浓厚的浪漫主义色彩。

阅读链接

苯教对《格萨尔王传》的影响还体现在，格萨尔对敬神仪式的重视。苯教以自然神崇拜为主，尊奉的皆为天地、山林和水泽中的神鬼精灵，认为他们主宰着世界万物。

为了告慰这些神灵，苯教十分重视对他们的祭祀，有煨桑、跳神、占卜和祈禳等宗教仪式。在这诸多仪式中，煨桑是在战争前举行的。

因此，在《格萨尔王传》中有关战争的场景中，经常可以看到煨桑的仪式。

融入史诗的藏族英雄形象

在7世纪至9世纪，不仅佛教和苯教进行了融合，这同时也是吐蕃王朝的鼎盛时期。

在这一时期，吐蕃王松赞干布施展宏图大略，终于通过发展生产，创立文字，制定法律，确立官制和军制，建立起了以赞普为中心的集权奴隶主贵族统治，使吐蕃社会和藏族人民进入了一个全新的时代。

■松赞干布塑像

人们为了纪念松赞干布，就将他一生中很多大的事迹都融合在了《格萨尔王传》中。所以，吐蕃历史上的很多事件都与《格萨尔王传》中的许多重要情节吻合。

　　不管是统一青藏高原的战争，还是与生活在这块土地上的其他民族的大融合，或者是与周围邻国之间的战争，都在《格萨尔王传》中得到一定的反映。

　　在史诗《格萨尔王传》的壮阔画卷中，描述了格萨尔出生后被陷害的场面，这表现的就是吐蕃王朝早期内部争夺王位的残酷场面。

　　在史诗中，神子顿珠尕尔保投胎到了岭部落。在人间的南瞻部洲有一个号称穆布冬的游牧部落叫"岭尕尔"。"岭"在古代藏族历史上是一个由小变大、由弱变强的部落名称。

　　岭尕尔又分上岭、中岭和下岭3个部落。在上岭住着色巴8部落，中岭有文布6部落，下岭则是穆姜4部落。

　　此外，还有噶沃部落、丹玛12万户、达绒18部落等。这些部落生活的地方坦荡宽阔，风景优美，绿油油的草原，像宽阔无垠的大海，万花如秀，五彩斑斓，是一个辽阔广大、景色如画的好地方。

　　岭尕尔的东北面是汉人居住的地区，南面是姜人居住的地区，西北面是魔鬼居住的地方，东面是霍尔人居住的地方。

　　这个部族的首领是藏族四大种姓穆布冬族人曲拉潘，他有3个儿

■ 格萨尔王银雕

三大英雄史诗与内涵

腊月 农历十二月儿"腊月"。"腊"是我国古代祭祀祖先和百神的"祭"名，南北朝时期固定在十二月初八，先民都要猎杀禽兽举行大祭活动，拜神敬祖，以祈福求寿，避灾迎祥。这种祭奠仪式称"腊祭"，因而年终的十二月被叫作"腊月"。

子，长子叫戎查叉根，次子叫晁同，幼子叫僧隆。从这兄弟三人的时代里，岭人驻牧在黄河上游。

幼子僧隆娶3个妻子，首先娶嘉萨拉嘎为妻，生子贾察霞尕儿。后来，在岭部落的不远处，有一个噶部落，这个部落的头人有一个貌似天仙的女儿，名叫噶萨拉姆，传说是龙王邹那仁庆爱女的化身。

噶萨拉姆生性贤惠，温柔善良。于是岭国派人去求婚，噶部落头人没答应，岭国便率兵向噶部落进攻，包围了噶部落国王的宫殿，国王这才答应把噶萨拉姆嫁给岭国。与僧隆结婚的噶萨拉姆，婚后一直没有怀孕。于是，僧隆又娶了第三个妻子那提闷，生子戎察玛尔勒。

在一天夜里，噶萨拉姆做了一个梦。她梦见一位身穿黄盔甲、容貌十分英俊的人。到黎明时，她感到从未有过的愉快和温暖，顿珠尕尔保便投胎于噶萨拉姆腹中。

噶萨拉姆怀孕的消息像一阵风一样，一下子传遍了整个岭国。僧隆的三妃那提闷，听到这个消息，妒意横生，她极力向国王进谗言，要害死噶萨拉姆腹中的婴儿。

他的伯父晁同更是怀恨在心，生怕这个孩子出生后对他的前途不利，在噶萨拉姆怀孕期间，对她百般刁难，造谣中伤，说噶萨拉姆腹中怀的是一个妖精。于是，他放咒、念咒、驱鬼，将噶萨拉姆从岭地驱逐出去，放逐到荒滩野岭的黄河边。

被放逐的噶萨拉姆，分到的财产只是一顶遮不住风雨的破帐篷、一匹老母骡、一头瞎眼的母犏牛、一只老山羊和一条瘸腿的母狗。从此，噶萨拉姆一个人在这个荒芜偏僻的地方，过着艰难的日子。

在过了无数个日日夜夜后，到了虎年的腊月十五，噶萨拉姆正在草场上挤奶，忽然天空大放光明，无数天神唱着悦耳动听的歌曲。她抬头望去，只见一位天神被仙女簇拥着款款而降。

噶萨拉姆出现了一种异乎寻常的感受，自觉身子轻若棉花，体内外一片光明。随着早晨太阳的升起，她的头顶涌现出月亮一般的白光。

此时天空中雷鸣闪电，众神们奏起了仙乐，撒下

虎年　虎，古代十二生肖中的一个，每个生肖对应一年，然后依次循环。十二生肖是我国民间计算年龄的方法，也是一种古老的纪年法，虎年在十二生肖中位列第三，在十二地支配属"寅"。

■藏族唐卡

了缤纷花雨，搭起了彩虹帐幕，整个草原出现一派祥瑞的景象。

在噶萨拉姆的帐篷顶部，还接连着彩虹云头，更是奇特无比。在这些种种吉兆的伴随下，神子顿珠尕尔保便来到了人间。

与此同时，噶萨拉姆的4头牲畜，母牦牛、母绵羊、母犏牛和骒马，也都生犊产羔下了仔。

噶萨拉姆将顿珠尕尔保生下时，这个婴儿的食指向天上指着，站起身来，做出拉弓箭的样子，并且说道："我一定要做黑头人的君长，我要制伏凶暴强梁的人们。"

因为他是天神之子，生来即具有非凡的本领和能力，他生下后便像个3岁的孩子，被取名觉如。

小觉如一出生，他的同父异母的哥哥贾察无比高兴，把种种祥瑞如花雨缤纷、彩虹搭帐连接云头等自然现象，都视为吉祥的预兆。

唐卡大黑天神

他一见到襁褓中的小觉如，就亲昵地说："太好啦，我的心愿实现了。俗话说：'兄弟两人和睦相处，是打击敌人的锤子，骒马俩匹配是发家的种子。'今后我们兄弟俩无论做什么事，都没有任何顾虑了。"

可是，伯父晁同认为觉如是"半人半神的怪物"，他的降生对岭国极为不利，对自己日后篡夺王位将会造成严重的威胁，因此，他想"乘火苗弱小时扑灭"，妄图将觉如杀于襁褓之中。

为达到目的，晁同费尽心机，屡屡设计。可是，结果事与愿违，不但没将觉如置于死地，反倒使他的阴谋一一败露，使他丑态百出。

觉如在5岁那年，晁同虽知自己无能，但灭绝觉如的想法一直存在，他表面上装作没事，但心里窥测着时机。最后，以觉如猎取野生动物的"罪恶"为名，向总管王进谗言。

藏族唐卡

总管王认为，觉如的行为扰乱了岭国的内部事务，便将觉如母子再次驱逐出岭地，去往那妖魔逞凶、煞神横行的玛麦玉隆松多地方。

这个小小的觉如，便是后来的格萨尔。后文还描述了格萨尔13岁赛马称王，这即是松赞干布13岁登基的映照。

觉如母子被驱逐到了荒无人烟的地方后，只好靠挖蕨麻、捕地鼠、拾猎物来充饥维生，日子过得非常艰难。

觉如母子来到玛麦地方，这个地方出现了前所未有的鼠害现象，无尾地鼠占领着整个草场，山头的黑土被翻遍，山腰的茅草被咬断，大滩的草根被吃掉，草原荒芜，牧草枯萎，草场植被退化，牲畜大量死亡，渺无人烟，大片草场遭到了破坏。

这时，觉如以顽强的毅力，消灭了危害百姓、破坏草场的鼠王，

缂丝唐卡

艰苦奋斗去战胜各种困难，开拓了这块处女地，使荒芜的玛麦草原变成了水草肥美、牛羊肥壮的草原。

除此之外，他变化为许多化身，以神力降伏了大大小小的妖魔、煞神和所有的无形魔怪，使玛麦地方慢慢安静下来。在困境中长大的觉如，练就了一身与众不同的本领。

不知不觉，觉如长到了12岁，正值藏历铁猪年，岭国举行赛马盛会。在这次赛马中，得胜者将得到岭国的王位，以及巨富嘉洛的家产和他貌似天仙的女儿珠牡。

围绕赛马，岭国内部展开了一场争权夺利的斗争。而此时的觉如，在遥远的玛麦地方，被逼得背井离乡，现在一无所有，栖身洞穴，无法糊口，整天与狗争骨头、与鸟抢食，根本不知道岭国将要发生的一切。

一天黎明时分，觉如还在熟睡，天姑贡曼杰姆在众空行女的簇拥下，骑着白狮子降到觉如身边说道："天王的儿子，别贪睡，快起来，岭国即将举行赛马大会，晁同是你最大的敌手，快去捉漫游在北方荒野中的千里马，你大显神威的时候到了。"

说完天姑贡曼杰姆便消失得无影无踪了。觉如醒来，知道自己的使命后，便起身准备回故乡参加赛马大会。

总管王为了阻止晁同夺王位，为使岭国的百姓过上安乐的日子，深知这次赛马必须把觉如请来，而迎接觉如的使命只有珠牡才能完成。

于是，总管王对贾察和大臣丹玛说道："这次到玛麦迎接觉如回来的关键是珠牡，所以非她去不可，你们俩亲自到嘉洛家的牧场，告诉珠牡，让她一定把觉如迎回来！"

按照总管王的吩咐，贾察、丹玛两人来到了嘉洛家中，说明了他们的来意。珠牡听后二话没说，满口答应愿意去迎接觉如。

珠牡本是白度母仙女的化身，当时天灾人祸遍及藏区，天神将她派遣到人间，与觉如结为伉俪，辅佐觉如，共同为统一藏区做贡献。

现在她已投胎到人间，是岭国三大家族之一嘉洛仓的女儿，以才貌出众而闻名岭国乃至整个藏区，觉如称赞她"真是藏地少有世界无双"。

白度母 藏音译卓玛嘎尔姆，又称增寿救度佛母，是观世音菩萨的化身。观世音有32种应化身，仅其中的度母化身就可以变化为21位救度母，白度母即为圣救度佛母的二十一尊化身之一。在藏传密教中，绿度母与白度母是二十一尊度母之中流传最广的。而藏密又常把长寿佛、白度母及尊胜佛母等三尊合称为："长寿三尊"。

■ 藏族壁画

■ 天姑贡曼杰姆唐卡

煨桑 我国藏民族最普遍的一种宗教祈愿礼俗，是宗教场所不可或缺的形式之一。据说在煨桑的过程中产生的烟雾，不仅使凡人有舒适感，山神也会十分高兴。因而信徒们以此作为祈福的一种形式，希望神会降福于敬奉他的人们。

在广大藏族人民心目中，珠牡就是"绝代佳人"的代表。史诗中对她是这样描述的：

在那黄金松石的宝殿里，

有一位艳丽的女子，

用尽人间所有的赞辞，

对她都显得苍白无力。

眼睛灵活如蝶飞，

双眸黑亮像泉水。

眉儿弯弯似远山，

牙齿晶莹如白玉。

双唇好比玛瑙红，

身似修竹面如月。

头上青丝垂松石，

漫步犹如仙女舞。

深沉的西海是她的内涵，

飘袅的云雾是她的风姿。

冬天她比太阳暖，

夏天她比柳荫凉。

珠牡的确很美，所以她赢得了所有岭国英雄的爱慕，比起财宝和王位来，人们更想得到的是美丽的珠牡。

为了得到王位和珠牡，晁同绞尽脑汁，百般费心，决心在这次赛马中一定要获胜。于是，他祈求神灵给予保佑，同时给土地神煨桑，向神坛上插旗幡，等待着赛马日期的到来。

再说珠牡接到贾察和丹玛的命令，骑着她的青灰马，不辞辛劳，跋山涉水，遭受种种磨难，来到了旷无人烟的玛麦地方，苦口婆心地奉劝觉如返回岭国。

觉如答应返回岭地，可是成就他一生事业的战马，如今还混杂在一百匹野马群中，它既不是家马，也不是野驴，而是一匹千里马，懂人的语言，神通广大，变化无穷。若捉不到它，觉如赛马难以成功。这个任务还只有珠牡能完成。

珠牡知道自己身负重任，要想觉如赛马夺魁，让她干什么都毫无怨言。于是，她向觉

藏族唐卡

加持 是指佛菩萨以不可思议之力，保护众生，称神变加持。密教认为大日如来以大悲大智随顺众生、佑助众生，称加。而众生受持其大慈悲，则称持。即大日如来与众生相应合一，如来三密与众生三业相互相应，摄己入他，令其感知如来之慈悲，则可成就种种果以期成佛，此称三密加持。

022

英雄赞歌

三大英雄史诗与内涵

■藏族文化唐卡

如问清了这匹马的特征以后，去天界找千里马。

珠牡不负众望，将觉如从玛麦地方接回来，还将神通广大、变化无穷的千里马从天界擒来。

一切准备就绪，举世瞩目的岭国赛马大会，在一个吉日良辰拉开了帷幕。此日，天空湛蓝，阳光明媚，岭国各部落都出动了人马，大家身着盛装，满怀豪气，各个潇洒英姿，喜气洋洋，雄赳赳气昂昂地走进了赛场。

这里，最引人注目的是觉如，自从他从天界降生的那天起，犹如太阳躲藏在云层里，莲花塌陷在污泥里一样，自性经常隐蔽，从未显露过他的真实面貌。

今天，在这样一个特殊的日子里，他抛弃了丑陋的形象，显现出了奇异俊美的相貌，成为世间众生眼中美男子的典范。

就连大地也因他的神威而摇撼震动。在天空的彩虹中间，众多的天神与保护神也为他唱起了吉祥的歌，天花缤纷，瑞雪霭霭。

在神龙念的加持和护佑下，觉如在赛马中冲破重重阻力，一举夺魁，登上了岭国王位的宝座，和如花似玉的珠牡结为夫妻，从此觉如统领岭国，称"格萨尔"，并正式取名为"世界雄狮大王诺布占堆"。

觉如赛马夺魁的消息，如同夏季暴风雨中的雷声响彻云霄，一下子传遍了整个天际。文中所说格萨尔赛马前得到诸多人的帮助，也是象征着松赞干布在登基前得到的多方帮助。

阅读链接

《格萨尔王传》中帮助格萨尔取得宝马的珠牡，也是史诗中塑造的一个非常重要的人物。

她美丽、坚贞、能干、智慧，虽然生在富有之家，但富有正义感，不肯嫁给大食财国的王子，宁肯爱恋备受迫害、穷苦潦倒的格萨尔，即使受到父母的斥骂，也毫不动摇，集中显示了藏族女性的美好心灵。

当格萨尔前往魔国征战、霍尔寻隙进犯的紧急时刻，珠牡能团结岭国的英雄和人民奋起抵抗，在被围困的3年中，她巧施妙计，稳住敌人，等待格萨尔回师，在被俘之后，她忍辱负重，毫不丧失信心。

这一切，都较深刻地表现了藏族妇女的聪明勇敢和顽强坚贞的性格。

史诗中的藏族英雄故事

在《格萨尔王传》中，关于格萨尔对魔国、霍尔国、姜国、门国的征战，则是象征着松赞干布统一青藏高原的业绩。

据《格萨尔王传》记载，格萨尔称王登基后，为了成就猛力降魔的四种事业，他断绝内外一切来往，安下心来到东方宗喀查茂寺，闭关修行降魔大力法。

格萨尔王像

这时，不少敌国蠢蠢欲动，相继挑衅，进犯岭国，妄图消灭岭国，可以说群敌四起，硝烟滚滚，岭国面临危机。

可是，身负"抑强扶弱、为民除害"重任并为之而奋斗的格萨尔，绝不能容忍一个个侵略者来践踏自己的祖国、侵犯自己的家乡、危害自己的人民！也绝不允许青藏高原长期处在群雄割据、部落混战的分裂局面！

坚定的信念、神圣的使命感和强烈的事业心是格萨尔一生战天斗地、南征北战、顽强拼搏、艰苦创业的强大精神动力。他先后降伏魔国、霍尔国、姜国、门国，接着安定三界，实现了国家的和平统一，保卫了人民生活安居乐业。

格萨尔首先降伏了魔国。在岭国的北方有一个魔国，魔王名叫"鲁赞"，他生性残暴，以涂炭生灵为乐。他食人肉，饮人血，生性极端残忍凶恶。他居住的九尖魔鬼城，城堡是用人头垒成的，旗帜是用人尸做的。魔国四处，妖魔横行，煞神逞凶，一派恐怖气氛，众生苦不堪言。

■格萨尔王和众将军

有一天，格萨尔的次妃梅萨，在帐门前平坦的草地上织布时，突然间，从沟里刮来一阵红风，从沟口卷来一股黑风，狂风中间出现了一个面目狰狞的黑人，就像饿雕捉羊羔似的，把梅萨捉走了。

梅萨的使女急忙跑到查茂寺，格萨尔大王闭关修行的地方，把梅萨被捉的消息告诉给了格萨尔大王。格萨尔听后，顿时气得七窍生烟。为了消灭吃人的魔王，救回自己心爱的妃子，格萨尔骑上千里马，独自出征北方魔国。

格萨尔纵马前行，翻过一道道山岭，走过一条条

妃　或称皇妃、宫妃、帝妃等，是我国古代皇帝侧室的一种。上古时期，妃是用来称呼君主之正室，如正妃，因当时"后"字的使用是用于称呼君主。在"后"字用于称呼君主正室后，妃的等级下降，不再如往前用以称呼君主之正室。

河谷，来到一座像心脏一样的山峰，发现山岭顶上有一座四角城堡，四面树着人尸做成的胜幢。他心想这就是魔王鲁赞的城堡了。

由于魔国戒备森严，魔王魔法无边，格萨尔在魔国遇到了很多困难。最后，在魔王妹妹阿达拉姆的协助下，冲破各种阻力，终于进入魔宫，与梅萨见了面。

阿达拉姆不但告诉格萨尔怎样杀死鲁赞的办法，而且巧妙地将他藏于魔宫，使格萨尔能够直接捣毁魔工鲁赞的老巢。

格萨尔抓住一切有利时机射杀鲁赞，魔国宣告灭亡。格萨尔将魔王的妹妹阿达拉姆收为妃子，并委任阿达拉姆为北方魔国的头人。降服了魔国后，格萨尔想及时返回岭地，可是吃了梅萨投了迷魂药的酒，就忘记了身前身后的一切事情，浑浑噩噩，整天只知道吃喝享乐，在北方魔国一起度过了好几个年头。

在岭国的东方有个霍尔国，国大势强，经常侵犯别国，强迫其纳贡称臣。霍尔先王托托热庆在位时，岭国每年要向霍尔国交纳许多贡税。格萨尔称王后，将此完全废除。

因此，霍尔国对格萨尔最为嫉恨，时时企图恢复对岭国的专制。就在这时，霍尔国趁机偷袭了岭国。

霍尔国有3个一母所生的国王，他们均以自己帐篷的颜色命名，一个叫黄帐王，一个叫白帐王，另一个叫黑帐王。其中白帐王的势力最强，威震四方。

格萨尔北地降服魔国，格萨尔的伯父晁同一直垂涎岭国大王的宝座，此时，他听说霍尔国想进军岭国，妄图一举歼灭岭国。听到这个消息，认为自己等待已久的时机已到来。

因此，他想方设法串通霍尔人，及时传递岭国内部的消息，泄露岭国的机密。于是霍尔国派遣120万大军，向岭国发动了大规模的侵略战争。

在这次战争中，岭国众英雄和众百姓英勇抗击，结果，老英雄司盼惨遭暗算，为国捐躯。格萨尔同父异母的兄长贾察、弟弟戎查玛尔勒及昂琼等无数英雄都死于战场。

皮影格萨尔王

岭国的城堡也被捣毁，最后因寡不敌众，岭国沦陷，岭国的珠宝财富被一抢而空，美丽的珠牡和侍女被霍尔国掠走，岭国被搅成了一片血海，人民怨声载道，盼望格萨尔早日回来，为岭国报仇雪恨。

珠牡到了霍尔国，忧国忧民，茶饭不思，她多么盼望格萨尔早日回来，救她出魔窟，救岭国百姓。等啊盼啊，可是很久没有盼来格萨尔。

于是她派遣自己心爱的神鸟仙鹤三兄弟，给远在魔国的格萨尔捎去了一封信，信中详细叙述了岭国遭劫、英雄遇难和她自己被掠的事。

三仙鹤经过数日的艰难飞行，飞到了北方魔国，将珠牡托付的信件交给了格萨尔。这时，格萨尔的神志才清醒了。

当他得知霍尔国对岭地发动了大规模的侵略战争，哥哥贾察在战场上阵亡，妻子珠牡被掠去，岭国人民处于水深火热之中时，心中非常悲痛。

他想，北方魔国已被收服，现在该轮到收服霍尔国的时候了，于是，他准备返回岭国。他骑着心爱的千里马，快马加鞭，来到了久别的故乡。

格萨尔首先处治了伯父晁同，然后变换法术，来到霍尔国，杀死白帐王，救回妻子珠牡，为岭国报了血仇。由于霍尔国的辛巴归顺岭国，因此，格萨尔将霍尔国的治理权力交给了辛巴。

在《格萨尔王传》中最著名的"霍岭大战"终于落下了帷幕。其战争规模之大，战争之残酷，比起《荷马史诗》中帕里斯拐走海伦的那场特洛伊战争，可以说是有过之而无不及。

格萨尔王继续他的使命，开始了降伏姜国的战斗。在岭国的西南边有一个姜国，幅员辽阔，有部落18万户。姜国的国王萨丹精通魔法妖术，且横行霸道，极其贪婪，经常仗恃自己兵多将勇，对内横征暴敛，使良民百姓苦不堪言；对外侵袭近邻，使四处邻邦鸡犬不宁。

格萨尔王霍岭大战

岭国有一个地方叫阿隆巩珠盐海，方圆几十里大，它和姜国边界相接。害人成性的萨丹王，一天心血来潮，贪心发作，命令王子玉拉托琚率军侵袭岭国，并在国内强行征兵。

玉拉托琚对父王的所作所为大为不满，可是姜王并没有顾及王子的情绪，命令他率兵出征，夺取岭国的盐海。

其母后白玛曲珍则认为玉拉尚年幼，不宜率兵打仗，所以极力劝阻玉拉不要出征打仗。玉拉进退维谷，最后，萨丹以处死其母后来要挟王子出征，逼迫玉拉率兵进盐海。

格萨尔王征战像

格萨尔得知此事后，发出号召：

　　邻地兵马来犯边，寸土不让不投降，花岭大战姜国，为卫功利图自强，为护岭国救百姓，为保饭食与民享。

并派遣大臣索玛到霍尔国去，命令霍尔国国王辛巴带兵火速前来岭国救援。

大臣索玛接到圣旨后，夜以继日地来到了霍尔国，向辛巴传达了大王的意思。辛巴接到消息后，二话没说，立即准备所有武器，带领所有部队，骑上他那匹棕黄色骏马，直奔岭国而来。

以格萨尔王为首的岭国180万兵马，聚集在纳隆贡玛射箭场，夹道

缂丝唐卡

欢迎辛巴和索玛两人归来。格萨尔吩咐了辛巴降伏姜国的方法。辛巴领命后，随即雄起起、气昂昂地走了。

辛巴来到盐海边，与姜国王子玉拉托琚相遇。只见玉拉托琚一手按着刀鞘，一手倒提摧伏千雷快刀，傲慢地问道："来者何许人？快快报来姓名，否则就杀了你。"说完，向辛巴扑过去。

辛巴也立马按鞘，既傲慢又气愤地问道："你是姜国的什么人？速报姓名来！在我辛巴面前，只有乖乖待着才有安宁，要不然，我杀你用不了吹灰之力。如果你是个岭国人，不管怎么不动声色，我也要杀你；如果你是个黑姜人，霍尔人，或者黑魔人，那我们就是朋友，辛巴今日就不再与你相斗。"

玉拉托琚听后说道："啊！原来你就是霍尔国王辛巴，幸会幸会。我是姜王子玉拉托琚，你今天到底为何事而来，请直说。"

辛巴从口袋里取出早已准备好的一条哈达，双手捧起，说道："噢！原来你就是大名鼎鼎的玉拉托琚王子，姜萨丹王像擎天柱一样，而你和你的父亲毫无区别。"

说着，把哈达献给了王子。于是，两人就互相攀谈起来。他们一边攀谈一边喝酒，你一杯我一杯，你来我往，不知不觉，两个人喝得醉醺醺的。可怜的小王子就这样轻而易举地中了辛巴的计。

辛巴见时机成熟，趁玉拉托琚不省人事时，用早已备好的黑皮绳把玉拉五花大绑起来，然后拖到马背上，带到了岭国。

玉拉托琚平时对父王萨丹暴虐百姓、残害百姓的行径非常不满，到了岭国后，在其母后白玛曲珍等人的善言劝说下，玉拉托琚投靠了格萨尔。

因玉拉托琚前世是天国的神子，虽然今生今世投生姜国，也是前生誓愿所致，为了让他匡扶善业，格萨尔把他列入岭国80大将之中。

活捉姜国王子之后，格萨尔率领千军万马，开拔到姜。乘姜国丹王饮水之机，格萨尔变成一条金鱼钻入他腹中，又变成了一个千辐轮，在萨丹腹内不停

■格萨尔王牌楼

哈达 蒙古族和藏族作为礼仪用的丝织品，是社交活动中的必备品。哈达类似于古代汉族的礼帛。蒙古族和藏族表示敬意和祝贺用的长条丝巾或纱巾，多为白色，蓝色，也有黄色等。此外，还有五彩哈达，佛教教义解释五彩哈达是菩萨的服装。

地转动，搅得他心肺如烂粥，这样就降伏了姜国。格萨尔让玉拉托琚接任姜国的国王。

格萨尔王先后征服了魔国鲁赞王、霍尔国白帐王、姜国萨丹王等3个魔国，唯有门国还未被征服。于是，他就开始了降伏门国的斗争。

在岭国的南部有一个门国，国王名叫辛赤。在贾察尚未成年、格萨尔降世之前，当岭国还是个弱小部落时，辛赤王曾命令他的两个老臣，率兵15万，无端侵犯岭国。摧毁18大部落，杀害百姓，掠夺财产，掳掠珍宝，烧杀抢掠无恶不作，使岭国惨遭蹂躏，受到灭顶之灾。从此，岭、门两国结下了不解之仇。

有一天，格萨尔正在森周达泽王宫闭关修行，天姑贡曼杰姆骑着白棕毛狮子降临。在五彩缤纷的彩虹帐中，四周环绕着洁白的云朵，下边飘浮着莲花形状的红云，有无数的仙女跟随在左右，芬芳香气弥漫着整个天际。

天姑贡曼杰姆向正在修行的格萨尔大王说道："天神派你到人

■格萨尔王殿远景

■格萨尔王殿

间，是为了降伏人间一切镇压百姓的黑魔，现在，你已经降伏了三方妖魔，唯独南方门国还未制伏，快停止你的闭关修行，降伏门国的时机已成熟，如果延误时机，以后很难征服。再说门国的公主梅朵拉孜，有能劈青天的剑，摧毁大食国需要此人，请不要磨蹭，快起程。"

说完之后，天姑贡曼杰姆像彩虹一样消失得无影无踪。接到天姑的圣旨，格萨尔觉得收服门国的时机的确已成熟。

于是，他通知岭国所有部落王臣，聚集在岭国的达塘查茂大会场，向大家发布了进军门国的号令。并委托天空的彩虹，给北方魔国的阿达拉姆送信，派遣岭国的两名使者，给霍尔国的辛巴送信，派遣神鸟仙鹤三兄弟，给姜国的玉拉托琚送信，让他们带领兵马前来，出征门国。

接到格萨尔大王出征门国的旨意，北方巾帼英雄阿达拉姆率领魔国兵马数10万人，霍尔国辛巴率领3万大军，姜国玉拉托琚率领数百名铁骑，浩浩荡荡地开拔到岭国。

■藏族文化

吐谷浑（285年—663年），亦称吐浑，我国古代西北民族及其所建国名。原为人名，是辽东鲜卑慕容氏单于慕容涉归之庶长子，后为辽东鲜卑慕容部的一支，藏族人民称之为阿柴。是西晋至唐朝时期位于祁连山脉和黄河上游谷地的一个古代国家。

3个属国的兵马一到，雄狮大王即刻发布出征的命令，岭国80部落的大军、骑兵、步兵以及属国的兵马，战旗猎猎，一起出征门国。

岭军各部把门国的千山铁城，向铁环一样包围起来，把千山城的四面八方围得水泄不通。经过激烈的鏖战，格萨尔终于征服了门国。

至此，格萨尔消灭了四方妖魔，解救了众百姓，从此四方安定，广大的老百姓过上了幸福的生活。

当格萨尔打败了四大魔王后，格萨尔的伯父晁同因偷盗了大食国的几匹良马，引起了岭国与大食国之间的纠纷，当双方相持不下时，格萨尔率部出战，战胜了大食国，并将大食国财宝库中的珠宝分给了百姓。

后来，格萨尔又灭了卡切国，将宝库中的松尔石财宝分发给百姓后班师回国。此后，格萨尔或因岭国遭受侵略，为保卫家乡而反击；或因邻国遣使求援前去解救；或因贪婪的晁同挑起事端酿成战事；或因岭国出兵占领邻国；等等，在岭国和邻国之间又发生过多次战争。

这些大大小小的战争皆以岭国获胜而告终，格萨尔则从战败国取回岭国所需的各种财宝、武器、粮食、牛羊和金银财宝等，使岭国日趋富足强大。

《格萨尔王传》中这些战争的描述，都是吐蕃大臣钦陵兄弟俩扶助赞普王室开疆拓土的记录，是松赞干布之后的第三十七任吐蕃王赤松德赞扩边拓疆炫耀武功的功绩。

《格萨尔王传》史诗中，所反映的岭国与苏毗，与象雄，与门国，与吐谷浑，与大食克什米尔、突厥、党项、回鹘、南诏等国发生的战争，大多发生在赤松德赞执政以前，有些是发生在松赞干布时代，有些是芒松芒赞朝代的事。

赤松德赞 按照藏族的传统说法，他是吐蕃王朝第37任赞普，755年至797年在位。在他任内，吐蕃国势达到鼎盛。他也为藏传佛教的弘扬起着极为重要的作用，与松赞干布、赤祖德赞被后世尊为"吐蕃三法王"。

阅读链接

关于格萨尔王的原型，后来据历史学家分析有可能是吐蕃亚陇觉阿王系的后裔唃厮罗，而唃厮罗的妻子乔氏夫人可能是格萨尔王妃珠牡的原型。

在史诗《格萨尔王传》中，格萨尔王妃珠牡不但有着天仙般的美貌，而且还有勇有谋，胆识过人，甚至能亲自带兵上阵。那么，历史上真实的乔氏夫人又是如何的一个人呢？

从史书仅有的记载，可以对她有以下几点了解：一是她有姿色，甚得唃厮罗宠爱。二是她所部有六七万人的军马，不仅号令严明，而且还令诸部族莫不畏服。

从史书中关于唃厮罗的乔氏夫人的记载可以知道，她应该是一个有美貌身材、有兵马部众、有胆略见识的巾帼英雄，可以说几乎与传说中的珠牡王妃相差无几。

体现真善美的人文追求

《格萨尔王传》在表现对真、善、美执著追求的同时，根据藏族人民的普遍愿望和要求，还把格萨尔着意塑造为一个藏族人民心目中理想人格的光辉典范。

缂丝唐卡

在《格萨尔王传》描写战争的部分，也突出体现出藏族是一个富有道德感和道德传统的民族，他们在长期的生产实践和社会活动中，形成并发展了具有本民族特点的道德伦理思想。

在《格萨尔王传》中，道德评价的基本尺度是"曲"与"兑"，按汉语理解就是善道与魔道。

"曲"，在藏语里代表一切善良、正义、公平、合理、美好、光明的事物和行为。甚至格萨尔本人在史诗中也被称为"曲杰"，译成汉语就是施行善道的国王。岭国也被称为"曲德"，译成汉语就是善道昌盛的地方。

"兑"在藏语里则指一切邪恶、伪善、奸诈、残暴、丑恶、黑暗的事物和行为。凡是那些生性邪恶、施行暴政、残害人民的君主，都被称作"兑杰"，按汉语之意就是魔王。

■ 掐丝唐卡

在史诗中，以格萨尔和岭国为一方，代表善道，以魔王为另一方，则代表魔道。综观史诗中的全部矛盾和斗争，基本上都是围绕善道与魔道来展开的。

《格萨尔王传》一书，还分别对黑、白两种颜色赋予了伦理道德的意义。白色代表善业和正义，黑色则代表一切妖魔和邪恶。

所以，在史诗中多次强调了格萨尔立志要降服一切黑色妖魔并力图弘扬白色善业的决心。代表善道的格萨尔及其岭国英雄们，他们的一切所作所为在史诗中都获得了肯定性道德评价。

史诗在尽情讴歌倡行善业的人们并对道德舆论上给予充分的肯定性评价的同时，也对一个个魔王，即暴君在人世间所犯下的滔滔罪行，给予了深刻的揭露和谴责。

魔道 与传统道法所不同的另类处事求道之途。魔道并不是说就是邪恶之道，魔道的修行与道教和佛教虽然不同，但是殊途同归，道家讲究顺应自然，即人们所常说的道法自然，佛讲求超脱轮回，而魔道讲的自在由我，是一种不受世俗伦理所限，放荡不羁的处世方式。

例如，史诗中把格萨尔所征服的第一个北方魔王鲁赞，描写成一个以100个大人作早点，100个男孩作午餐，100个少女作晚餐的极端残忍、暴戾的恶魔。

像这样的恶魔，一天竟要用300人的血肉之躯来作为他的膳食，长此下去，人类岂不被他吃光了吗！面对这样的恶魔，人们怎能不从道德情感上对他产生憎恶和仇恨呢？

格萨尔代表正义和善业，为了造福百姓，理所当然要铲除这样的妖魔了。史诗中的魔王并非一个，但他们的罪恶行径却如出一辙。

如姜国的国王萨丹是喝人血、吃人肉的魔鬼。其他如霍尔的白帐王、门国的辛赤王等，都是凶恶残暴、嗜血成性、贪得无厌、不顾百姓死活的暴君。

对于这些暴君的恶行，史诗通过生动地描绘和揭露，无疑会激起藏区善良人们的极端仇视和痛恨，必然要从社会舆论上给予谴责、批判和否定。

在人类道德史上，善与恶从来就是相伴相随的。任何一个民族的思想观念中，都有善与恶的概念。任何一个民族的行为和实践中，都有善和恶的现象存在。无善则无恶，无恶则无善，二者相辅相成，互相对照，互相映衬，在对立统一的矛盾斗争中运动和发展。

从任何一种矛盾斗争的总趋势来看，善总是要战胜恶，恶总是要被善所取代，就如同正义总是要战胜邪恶，光明总是要战胜黑暗一样，这是人类社会及其思想观念发展的不可逆转的趋势。

综观世界上各民族的神话、传说、史诗，以及其他形式的文化艺术作品，所反映出来的善与恶的斗争结果莫不如此。

藏族英雄史诗《格萨尔王传》所反映的善与恶的斗争结局，也是善业战胜了恶业，善道取代了魔道。因此，《格萨尔王传》史诗中的道德思想具有这样两个特点：

一是善与恶是衡量辨别一切事物真伪的标准。凡是正义的、合乎道义的、具有人性的行为和事物，就被看成是善的而予以褒奖；凡是非正义的、不讲道义的、践踏甚至摧残人性的行为和事物，就被看成是恶的而加以否定。

二是在价值取向标准上，史诗中宣扬了善恶自有报应的思想，进而引导人们应该扬善抑恶，向善去恶，择善弃恶，希望人们应该做到从善如流、疾恶如仇，择善而从之，遇恶则弃之。

应该说，史诗中对这种善恶标准的态度和对善恶价值取向的选择，无疑都是正确的，也是非常具有积极的意义的。

并且在《格萨尔王传》的最后，描写了格萨尔"地狱救妻"的故事，也是显出了藏族人们，渴望被这样具有善良本质的人治理的愿望，还有藏族对于勇于改过自新的人们宽恕的胸怀。

地狱 传说罪人死亡后灵魂会到的地方。在传统宗教观念中，地狱是阴间地府的一部分。其实阴间和地狱的性质不尽相同。阴间也称冥界，泛指亡魂所在的空间，而地狱特指囚禁和惩罚生前罪孽深重的亡魂之地，可以说是阴间的监狱和刑场。

■征战唐卡

■ 掐丝唐卡

在故事的最后格萨尔赴汉地弘扬佛法去了，他走后不久，他的妃子阿达拉姆身患重病，她发烧如火焚，四肢发冷如寒冰，肺内风痰似骨梗，心烦意乱，昼夜不安。

医生和卦师都束手无策，念经祈祷禳解亦毫无效果。最后，她将手下的大臣们召到榻前，嘱咐后事完毕后就离开了人世。

阿达拉姆生前是北地魔王鲁赞的妹妹，曾任9000雄兵首领，一生东征西讨不断杀伐，罪恶沉重。因此阎罗王把她打入了十八层地狱。

格萨尔从汉地回来后，得知阿达拉姆已在十八层地狱里，被折磨得皮开肉绽，承受着无数难以忍受的痛苦。

格萨尔为此事震怒，他迅速来到地狱门口，大吼三声，震得油锅翻倒，刀山崩裂，众鬼卒吓得四处奔逃，十八层地狱被震得像那轮盘转了18转。

接着，格萨尔射出了4支无量神箭，彻底摧毁了一向被人们视为不可触犯的、阴森可怕的十八层地狱，释放了许多无辜受罪的亡魂，同时也拯救了其爱妃阿达拉姆。

此时，格萨尔完成了在人间降伏妖魔、扶助弱小、惩治强暴的使命，天下太平，岭国百姓丰衣足食，格萨尔可以说是功德圆满了。

佛法 是关于生命的真理，佛教叫作"圣谛"。"圣"，意为神圣的、尊贵的、圣者的；"谛"，意为真谛、真理、真实。它是佛陀所教导的法，是断除烦恼、灭尽诸苦的方法，后世将这些教导记录成文，即成了佛经。

按照天神的旨意，格萨尔将国事托付给侄子扎拉泽杰，即贾察之子，剩下的事情具体由扎拉泽杰来办理，自己与母亲噶萨、王妃珠牡等一起重新返回到了天界，规模宏伟的史诗《格萨尔王传》到此结束。

另外，史诗中在塑造格萨尔这个人物时，着重表现了他所肩负的使命，通过对格萨尔完成自己使命的全过程的描述，展现了广阔的社会生活画面，体现了生活在青藏高原的藏民族的心理素质和民族精神，表达了古代藏族人民的理想和愿望。

史诗的一开始，就描写了古时候藏族人民生活在一个十分美丽的地方，人们安居乐业，和睦相处，过着幸福美满的生活。

但是好景不长，突然有一天，不知从什么地方刮起一股邪风，这股风带着罪恶，带着魔怪刮到了藏区这个和平、安定的地方。

■藏族唐卡

晴朗的天空变得阴暗，嫩绿的草原变得枯黄，善良的人们变得邪恶，他们不再和睦相处，也不再相亲相爱。刹那间，刀兵四起，狼烟四起。

为了拯救藏族众生的痛苦和不幸，为了弘扬人间善业，格萨尔受天神驱遣，降到人间，肩负的道德使命就是教化民众，使藏区脱离恶道，众生享受太平安乐的生活。

史诗把他描绘为一位大智大勇的英雄，并且记载着格萨尔一直铭记着自己的使命，无论是在年幼的时候还是长大成人，都时时刻刻想着造福百姓。

例如，在格萨尔未满5岁前，他就对杂曲河和金沙江一带的无形体的鬼神做了许多降伏、规劝、收管等数不胜数的好事，让百姓安居乐业，过上幸福安宁的生活。

后来即使阴险毒辣的伯父晁同通过对他和他的母亲进行迫害，父亲和岭国百姓也对他产生误解，最后被驱逐到最边远、最贫穷的玛麦地方，生活贫困，处境艰险。他仍不气馁，始终牢记自己所肩负的道德使命，总是千方百计地为故乡人民谋利益。

后来，他返回岭国参加赛马大会，他未来的岳父代表岭国百姓向他致祝辞，希望他成为一个专门镇压邪鬼恶魔的人，希望他做一个扬弃不善的国王。

格萨尔也不负众望，当他赛马成功、登上岭国国王宝座后，立即向岭国百姓庄严宣称：

■阿弥陀佛唐卡

我是雄狮大王格萨尔，我
要抑暴扶弱除民苦。我是黑色
恶魔的死对头，我是黄色霍尔
的制伏者。我要革除不善之国
王，我要镇压残暴和强梁。

他懂得光有决心不用武力是解决
不了问题的。因此他强调：

那危害百姓的黑色妖魔，
若不用武力去讨伐，则无幸福与
和平；为了把黑魔彻底来降伏，我又是武力
征服的大将领。

■藏族唐卡

格萨尔也是就像他所说的誓言一样，一生先后用
武力降伏了数不胜数的妖魔鬼怪，忠实地实践了他曾
经立下的道德誓言：

降伏妖魔，造福百姓；
抑强扶弱，除暴安良。

当功成名就，一切都如愿以偿时，他就辞别人
间，返归天界。

格萨尔就是这样，用他坚定的道德信念和切实的
道德实践，保卫了岭国的国土，给岭国人民带来了幸
福和安宁的生活。

狼烟 点燃干燥
的狼粪而形成的
烟，狼烟是作为
古代军队中传送
警报信息的信
号，一旦有危
险，就立刻点燃
狼烟，别的地方
的士兵就看见
了，因为狼烟很
浓，而且狼烟很
重不会轻易被风
吹散，而狼粪又
易保存，所以被
作为古代军事信
号传送工具。

■掐丝唐卡

天神 猎犬上诸神，包括主宰宇宙之神及主司日月、星辰、风雨、生命等神。在佛教里，天神的地位并非至高无上，但可比人享有更高的福祉。天神也会死，临死前会出现衣服垢腻，头上花萎，身体脏臭，腋下出汗，不乐本座五种症状。

因此他理所当然地受到了"雪域之邦"的"黑发藏民"们的爱戴和热烈拥护，成为藏区人民心目中光辉夺目、光彩照人的理想人格典范，被人们敬称为：

制伏强暴者的铁锤，拯救弱小者的父母。

甚至连魔国的百姓也因格萨尔替他们消灭了妖魔、除却了苦难而对他感恩戴德。

全文关于格萨尔锄强扶弱的坚强意志做了多次重点描写，这也是显示出藏族人民对和平、安定的强烈愿望，还有对追求幸福生活的强烈意志。

关于格萨尔这一理想人格问题，史诗虽然一再宣称格萨尔是天神之子，但在具体的描写中，并没有把他塑造成头罩光环的可望而不可即、可敬而不可亲的神秘人物，而是更多地给予格萨尔人的天赋和人的气质，使人们感到真实可信，可亲可敬。

史诗既描绘出他为了人民的幸福与安宁，具有战胜一切妖魔鬼怪和艰难险阻的理想人格的同时，又刻画出他有时也会失算、办糊涂事、打败仗、陷入困境，具有七情六欲、喜怒哀乐的普通人的人格特点。

然而，这并不妨碍或损伤格萨尔这一理想人格的理想性和完美性，相反，使他更显得有血有肉，映衬出他人格形象上的伟大和光辉。

格萨尔这个"降伏妖魔，造福百姓，抑强扶弱，除暴安良"的道德楷模，不仅是藏族人民在特定历史条件下的理想人格典范，就他的思想和行为而言，也堪称是世界各族人民在相同历史阶段的共同的理想人格典范。

总之，格萨尔史诗深刻地体现了生活在世界屋脊上的藏族人民，勤劳、智慧、骁勇、自强不息、敢于创造的民族精神，表达藏族人民希望消除战争、人民安定团结、生活富裕美满、佛法兴盛的愿望和崇高理想。

热情歌颂了光明、正义和一切真、善、美事物，有力鞭挞了一切假、恶、丑黑暗和腐朽的现象，扬善弃恶、抑霸护弱、造福百姓。这种强烈的民族精神就是格萨尔史诗的灵魂。

阅读链接

《格萨尔王传》中将岭国描述成了一个社会制度和人伦关系几乎达到尽善尽美的境界的国家。

从自然方面看，它是一个异常美丽的地方。从社会方面看，人人可以参与国政，享受平等的权利，没有法律，没有监狱，不必担心遭受苛政酷刑之苦。

在如此理想和美妙的优越环境及其社会制度下，人民过着和平安宁的日子，特别是有了格萨尔这样一位英明贤达的君主，人民便不断获得丰富的宝藏，过着更加富裕幸福的生活。

对岭国这样一个社会理想范型的描写，就是藏族人民怀着童稚之情，对自己远古社会，亦即对童年时代充满了神话般的遐想。

藏族古代文明的百科全书

到了11世纪前后，随着佛教在藏族地区的复兴，藏族僧侣开始参与《格萨尔王传》的编纂、收藏和传播。使这本史诗被成型地收集整理了起来，并出现了最早的手抄本。手抄本的编纂者、收藏者和传播者，主要是宁玛派的僧侣。

■藏族唐卡

但是在手抄本出现之前，《格萨尔王传》都是通过口耳相传的模式流传下来的，早在《格萨尔王传》史诗在产生之前，在藏族民间，就已经流传着格萨尔或类似格萨尔的英雄故事和歌谣。在漫长时期内，藏族民间艺人口耳相传，不断丰富史诗的情节和语言。

并且，《格萨尔王传》的

主要流传方式也是靠民间艺人们到处吟诵，世代口耳相传。许许多多名不见经传，处在社会最底层的说唱艺人，对史诗的传播、保存和发展，做出了不可磨灭的贡献。

说唱艺人走遍雪山草地，或到高僧的法会场，或到牧民的帐篷边，或到农户的木门前，或到节日的欢聚处，向群众说唱《格萨尔王传》，为广大听众带去美的享受。

《格萨尔王传》从文体、形式和内容等方面区分，《格萨尔王传》可以分为3类：一是卡仲。

■ 掐丝唐卡

"卡"是藏语"嘴"的意思，"仲"指《格萨尔王传》故事，"卡仲"就是"从嘴里讲出来的《格萨尔王传》故事"。这是《格萨尔王传》故事最主要的流传形式。

二是杰仲，是指经过文人加工整理过的格萨尔故事，即手抄本和木刻本。

三是曲仲，是指有佛法内容的《格萨尔王传》故事。

这三种传承形式互相影响，互相引收。到12世纪初叶，《格萨尔王传》日臻成熟和完善。

《格萨尔王传》不是一篇平静而循序地记述事件进程的故事，而是一首充满着感情的富有诗意的抒情兼叙事的史诗。

诗篇用各种手法进行描写，有惊心动魄的战争场景，也有缠绵悱恻的爱情插曲；有为国捐躯的壮烈情

手抄本 印刷术未发明前，手抄本是主流的文化传播方式。在古代，印刷术出现后，印刷出版的书仍是少数。大量的个人作品，是用手抄的形式留存的。文房四宝是每个文人书房里必备的书写工具，书法也是士大夫的必备素养之一。古代古典典籍按照书写、还是印刷而成，区分为"抄本"和"刻本"两种。

缂丝唐卡

怀，也有失去亲人的悲痛哀泣；有奇异优美的神话，也有妙趣横生的故事，可以说是文学创作的集大成者。

《格萨尔王传》诗中常用非常丰富的比喻手法和生动的形象思维，以物状人，形象鲜明，活泼多姿；以物喻理、深入浅出、通俗易懂。比如，高如山，绿如海。雪山之狮，林中之虎，美如森林，快如骏马等例子，用形象而深刻的比喻来表达其内涵。

在"霍岭大战"中有"面如十五的月亮，眼如满天的星星，权如辽阔的天空，身如巍峨的高山"等例子。如格萨尔王夸赞珠牡的一段歌词：

珠牡妃子听我说，百个里挑不出你这个好姑娘。你绯红双颊比彩虹艳，口中出气赛过百花香。

你右发往右梳，好像白胸鹰展翅膀，你左发向左梳，好像紫雌鸟在翱翔。你前发向前梳，好像金翎孔雀把头点。你后发向后梳，好像白梵天神在宝殿上。

你站起来像一棵小松树，你坐下好像白帐篷。你的美丽啊，真是藏地少有世界也无双。

这段歌词，把珠牡从头到脚，从不同的角度，用不同的比喻进行描述，使珠牡美的形象更加突出完美。

《格萨尔王传》语言具有绘画美。作者善于运用富有色彩的语言，将故事情节人物关系形象生动地描绘出来。如在"霍岭大战"中：

> 龙飞凤舞的宝地，传来悠扬鸟叫声，
> 天然建官的处所，白灵欢歌的地方。

从上面几句很普通的环境描写中，可以给人们的眼前展现出一幅鸟语花香，山川秀丽的天然美景。

另外，运用语言音韵的结合变化和诗文的不同形式结构等手法，以使诗文优美动听。如运用叠字、叠词、叠句的格式，紧紧与回环反复的多段体诗歌相配合，使诗歌的音调韵律错落起伏，相互回环，和谐多变，铿锵有力，平添无限音乐美感。

《格萨尔王传》的情节丰富多彩，曲折复杂，如在"赛马"中心事件，插入了许多情景，犹如一棵繁茂的大树，有主干，有枝叶；在"降魔"中以格萨尔同魔王鲁赞的矛盾冲突贯通情节的始终，好像一条几经曲折的江河；在"地狱救妻"中以格萨尔地狱救妻为主要线索，着重表现十八层地狱的惨状，等等。

总体而言，这部史诗在情节艺术上做到了统一而丰富，粗犷与细致并存，

掐丝唐卡

格萨尔王传

■ 藏族唐卡

神奇与平淡相结合,使我们体会到全书情节产生的整体美,流动美,节奏美。

史诗整体结构比较明显,由格萨尔下凡、投胎人间作为开篇,以他完成下凡使命、到地狱救出母亲和妻子及众生后返回天界为结局。

中间的征战部分占"史诗的绝大部分,几乎每一部即是一场战争"。开篇、结尾两部分有关史诗主角的来龙去脉。

在史诗里,各独立章节的结构类似,个故事线索的展开过程也是大同小异。几乎每一部即是一场战争。这些战争也无例外地遵循主线展开,消灭妖魔、铲除邪恶之后,立贤明君主治国并从属于岭国,取战败国财宝或分于百姓、或运回国。经过无数次战争,取得天下太平。

作为史诗,《格萨尔王传》以其雄浑磅礴的气势,通过对几十个邦国部落之间战争的有声有色的叙述,表现手法起伏曲折,跌宕有致,反映了6世纪至9世纪以及11世纪前后,藏族地区的一些重大历史事件,表达了藏族人民厌恶分裂动荡、渴望和平统一的美好理想,这是史诗现实性的积极方面。

另外,《格萨尔王传》对人物的塑造也是极为成功的,其中塑造了数以百计的人物形象。无论是正面的

下凡 我国传统神话的一种用词,主要是描述位于天庭上的神仙,来到人间的一种行为。在古代神话中,有天庭和人间之分。神仙有时会为了完成某种使命前往人间,但是私自下凡是不被允许的,并且按照天庭法令是重罪。

英雄，还是反面的暴君，无论是男子还是妇女，无论是老人，还是青年，都刻画得个性鲜明，形象突出，给人留下了不可磨灭的印象。

尤其是对以格萨尔为首的众英雄形象描写得最为出色，从而成为藏族文学史上不朽的典型。

格萨尔这个典型人物的塑造是成功的。史诗通过对格萨尔及其他英雄人物的歌颂，反映了广大藏族人民反对分裂，反对部落之间的混战，渴望有一位贤明的君王来治理国家，建立一个理想的统一的王国的愿望。

《格萨尔王传》除了把格萨尔塑造得英武神奇、天下无双之外，还塑造了一个美丽、坚贞、能干、智慧的藏族妇女形象珠牡。

《格萨尔王传》对总管王叉根老英雄的描绘，也十分感人。他深谋远虑、洞察真伪、胸怀广阔、顾全大局、忠心为国的崇高形象，通过一件一件的具体情节，令读者由衷敬佩。

其他英雄还有冲锋陷阵、所向披靡、赤胆忠心、公正无私的贾察；智勇双全、百战百胜、使敌人闻风丧胆的丹玛；敢于冲杀、视死如归的昂琼；等等。在史诗中都描绘得栩栩如生，给读者留下了难忘的印象。

《格萨尔王传》对反面人物，也刻画得入木三分，使其凶相毕露，令人觉得可恨可恶。如晁同对内傲慢狂妄、对敌卑躬屈膝的叛徒嘴脸；霍尔黄帐王的贪婪、残暴、愚蠢、胆怯的丑恶本性，都写得淋漓尽致，鞭挞了他们肮脏的灵魂。

掐丝唐卡

■格萨尔王

　　《格萨尔王传》这本著作，作为一部描写古代战争的民间文学，对英雄人物、战争器具等极尽渲染，着力描写，淋漓酣畅，摄人心魄。下面是描写格萨尔凛然风度的一段文字：

　　　　权威显赫格萨尔，胜域至尊如意宝，

　　　　眉挂松石泛清辉，目点珊瑚闪珠光，

　　　　一口洁齿罗玉贝，颈肌叠层显神力，

　　　　舌镌阿字结吉祥，慧音浑钟如诵经，

　　　　丝丝乌发亮闪闪，战神好似火焰腾，

　　　　战袍迎风猎猎展，铠甲泛银着雪霜，

　　　　盔插胜幢指云霄，缨丝缕缕耀金光，

　　　　复插战神生命结，炯炯目光逼三界，

　　　　羊角弯弓身上挎，魂灵之箭插成扇，

　　　　上等箭有九十支，勾魂摄魄箭九支，

　　　　神灵差遣箭九支，一把宝剑世无双，

鳌鱼对眼嬉剑鞘，五种宝石巧装饰，

六褶白藤作盾牌，更有一把开山斧，

劈山开道若等闲，黄金镶边护心镜，

带扣一勒穿金刚，脚蹬一双长腰靴，

九层堆华堪锦绣。

格萨尔的这番装束，他的凛然之气，令人望而却步，让敌失魂落魄，也让读者领略到格萨尔力拔山、气盖世的英雄气概。

《格萨尔王传》源于社会生活，又有着极为丰厚的藏族古代文学、特别是古代民间文学的坚实基础，在史诗《格萨尔王传》产生之前，藏族的文学品类，特别是民间文学品类，诸如神话、传说、故事、诗歌等已经齐全，且内容丰富，数量繁多。

因此，《格萨尔王传》无论是在作品主体、创作方面，作品素材，表现手法等方面，还是在思想内容、意识形态、宗教信仰、风俗习惯等方面，都从以前的民间文学作品中汲取了充分的营养，继承了优秀的传统，这种特色的文化形态决定了它的文学特点，使它具有独特的风采，表现出神奇瑰丽之美。

到了13世纪后，随着佛教传入蒙古族地区，大量藏文经典和文学作品被翻译成蒙古文，《格萨尔王

■掐丝唐卡

■掐丝唐卡

传》也逐渐流传到蒙古族各个地区，成为自成体系的蒙古《格萨尔王传》，或称《格斯尔王传》。

在14世纪后期，即元末明初，《格萨尔王传》在更大范围内得到传播，流传在我国更广泛地区。

此外，这部史诗还流传到国外。其中的个别章节被译成英、德、法、俄等多种文字在世界各地流传。

这种跨文化传播的影响力是异常罕见的。由此可见《格萨尔王传》在民间文化中独占鳌头，在广大人民中有很深的影响。

世界上众多民族都有史诗，随着时间的推移，大多数史诗都自生自灭了，仅有少数史诗以文字形式记录下来，并成为人类共同的瑰宝。

与世界上一些著名的史诗，如古希腊的《荷马史诗》、印度的《罗摩衍那》和《摩诃婆罗多》相比，《格萨尔王传》是一部活形态的史诗。

史诗一直活在人民群众之中，在青藏高原广泛流传。被称为奇人的优秀民间说唱艺人，以不同的风格从遥远的古代吟唱至后世万代。

在长期的传承过程中，经过广大民众，尤其是才华出众的民间说唱艺人的再创造，《格萨尔王传》故事发生了很大的演进，史诗的内涵和外延不断扩展，故事情节和人物性格不断丰富和生动，出现了很多异

神话 民间文学的一种。远古时代人民的集体口头创作。包括神鬼的故事和神鬼化的英雄传说。其产生表现了古代人民对自然力的斗争和对理想的追求，对后世的文学艺术有深远的影响。

文本。

各个民间艺人说唱的《格萨尔王传》，主要内容和基本情节虽然大体相同，但在具体内容、具体情节和细节上又各有特点，自成体系。

《格萨尔王传》是世界上最长的一部史诗，仅从字数来看，远远超过了世界几大著名史诗的总和。

《格萨尔王传》是古代文明的一部大百科全书。它产生于长江黄河源头，这里是东亚、中亚、南亚文明的结合点，是各种文明交汇之地。

因此它既保持了高山文明的原始性特征，又渗透着中原文明、西域文明、蒙藏文明、印度文明的多重因素。它丰富多彩的内容，不仅是唐卡、藏戏、弹唱等传统民间艺术创作的灵感源泉，同时也是现代艺术形式的源头活水。

《格萨尔王传》史诗演唱具有表达民族情感、促进社会互动、秉持传统信仰的作用，也具有强化民族认同、价值观念和影响民间审美取向的功能。

多少年来，《格萨尔王传》史诗艺人一直担任着讲述历史、传达知识、规范行为、维护社区、调节生活的角色，以史诗对民族成员进行温和教育。

《格萨尔王传》既是族群文化多样性的熔炉，又是多民族民间文化可持续发展的见证。

说唱艺人 以口头说唱为生的人。在众多的说唱艺人中，那些能说唱多部的优秀艺人往往称自己是"神授艺人"，就是他们所说唱的故事是神赐予的。"神授说唱艺人"多自称在童年时做过梦，之后生病，并在梦中曾得到神的旨意，病中或病愈后又经喇嘛念经祈祷，得以开启说唱的智门，从此便会说唱了。

■掐丝唐卡

《格萨尔王传》不但是一部名闻世界的伟大文学巨著，而且也是研究藏族社会历史、宗教信仰、风俗习惯以及语言等各方面的宝贵文献。

《格萨尔王传》是在藏族古代神话、传说、诗歌、谚语等民间文学的丰厚基础上产生和发展起来的。它对于古代藏族部落联盟社会生活的各个方面，如人民的经济生活、生产劳动、意识形态、理想愿望、道德风尚、宗教信仰、风俗习惯等，都作了生动而真实的描写和充满诗情画意的刻画。

而且，这部史诗从生成、基本定型到不断演进，包含了藏民族文化的全部原始内核，在不断地演进中又融汇了不同时代藏民族关于历史、社会、自然、科学、宗教、道德、风俗、文化、艺术的全部知识，具有很高的学术价值、美学价值和欣赏价值。

因此，《格萨尔王传》被国内外专家学者公认为是反映藏族历史、社会、文化、民俗、军事、宗教、道德伦理、价值观念等方面的百科全书。为研究古代藏族社会、文化等，提供了丰富的资料。

阅读链接

说唱《格萨尔王传》的行吟艺人在当地被称为"仲肯"，以出没在藏北及藏东地区最多。他们仅仅以说唱《格萨尔王传》为生，每逢传统节日、体育赛事、牧场闲暇及婚丧嫁娶等重大日子里，便走乡串户为牧民们说唱《格萨尔王传》。

所以格萨尔王对藏民族，特别是牧区的老百姓内在精神气质的影响十分深刻。尤其反映在藏族人尚武重诺的英雄主义气质。特别是在藏北牧区如安多、康区一带，好骑射游猎、竞技角斗、佩刀、缠英雄结等民风，无不是受格萨尔王强悍遗风的影响。

《江格尔》是明代的蒙古族卫拉特部英雄史诗，被誉为我国少数民族三大史诗之一。这部史诗是以英雄江格尔命名的，同时，他也是《江格尔》的主人公。

《江格尔》长期在民间口头流传，经过历代人民群众，尤其是演唱《江格尔》的民间艺人，对《江格尔》的不断加工、丰富，篇幅逐渐增多，内容逐渐丰富，到15世纪才逐渐完善定型。

《江格尔》以其丰富的社会、历史、文化内容，艺术上所达到的高度成就，在蒙古族文学史、社会发展史、思想史、文化史上都占有重要地位。《江格尔》是蒙古民族文化的瑰宝。

蒙古族的瑰宝

江格尔

为理想天堂宝木巴而战斗

那是在我国蒙古地区还不发达的氏族社会末期，因为受自然界的制约，蒙古游牧民族的经济结构比较简单，动态性很强，往往不能满足人们生存的需要。社会经济不发达，文明程度当然也不高。

他们面对严酷无情的社会和自然环境，深深懂得了适者生存的自然法则。一个氏族或部落要生存发展壮大，就要在生存竞争中不断地迎接强大对手的挑战，努力制伏、战胜对手。

■牧民生活场景塑像

■蒙古族生活场景

他们在军事上的卓越能力和组织，又往往会给他们以最后的胜利。因此，游牧民族形成了英勇尚武的性格，这是由他们生存的社会条件决定的。

游牧文化的这种善于拼搏、志在必胜的精神培育了蒙古人强悍、勇敢的民族性格。而这种民族性格不仅对蒙古族的历史发展起到了决定性的作用，对文学体裁和文学思想的形成和发展同样起到制约作用。

由于蒙古族长期以来的游牧生活、自然灾害和异族的压迫，常使他们的生命财产得不到可靠的保障，社会局面动荡不安，牲畜日益减少，广大人民迫切盼望和平与安定。

因此，人们想象了一个梦想中的天堂宝木巴国，并想象出了一位英明的统治自己的人，这个人便是江格尔。

在人们的想象中，宝木巴国四季如春，百花烂

游牧民族 我国北方游牧民为了适应高寒干旱的气候条件，终年实施严格的集体游动放牧的畜牧业经营方式，这种生产生活方式基于保护稀缺的水资源和可持续轮换使用不同的草场形成的人类智慧和文明。游牧民族指的是以游牧为主要生产生活方式的民族。

漫，牛羊遍山。这里没有邪恶，没有战争，没有疾病，没有饥饿。这里的人们青春永驻，过着丰衣足食、相亲相爱的和平生活。

在蒙古语中，"宝木巴"有圣地、仙境、福地的意思。人们怀着无比热爱和骄傲的心情，对宝木巴反复咏唱赞美：

> 宝木巴的人民青春常在，
> 没有衰老，没有死亡，
> 像二十五岁的青年那样，
> 生龙活虎，永远健壮。
> 这里没有鳏寡孤独，人丁兴旺；
> 这里没有严寒酷暑，四季如春，
> 百花烂漫，百草芬芳。
> 孤独的人到了那里，人丁兴旺；
> 贫穷的人到了那里，富庶隆昌。
> 那里没有骚乱，永远安宁，
> 有永恒的幸福，有不尽的生命。

这里不仅是个富庶的安宁的邦国，而且也是一个明媚、美丽、欢

■山野放牧图

■内蒙古敖包

乐的世界。人们还这样描述道：

> 早晨，从东方升起红艳艳的太阳，
> 翡翠般的嫩草上露珠晶莹，
> 草原像波光闪闪的绿色海洋。
> 中午，金色的太阳光辉灿烂，
> 禾苗肥美，茁壮成长。
> 宝雨唰唰下降，
> 雨后太阳又露出笑脸，清风吹荡。
> 这里居住着五百万人民，
> 人们相亲相爱，彼此不分。
> 在主人的洪福照耀下，
> 吉祥如意，欣欣向荣。

　　这幅世外桃源，便是长期以来牧民们所向往的理想社会，他们盼望有一天能过上安居乐业的生活。在人们的想象中，江格尔是宝木巴的贤明的统治者，他以自己宽大的翅膀庇护着他的子民，他是草原上的雄鹰

■ 内蒙古毡包

结发妻子 男行冠礼，就是把头发盘成发髻，谓之"结发"。男女到了成人的年龄，按古代的说法也就是指他们可以结婚成家了。古人在进行冠礼和笄礼的时候，是非常庄重严肃的事情。有"结发妻"这个词，意思指原配妻子。结发又含有成婚的意思，成婚之夕，男左女右共髻束发，故称结发妻子。

和理想的国君。人们这样描写他：

> 在东方的七个国家，
> 江格尔是人民的梦想；
> 在西方的十二个国家，
> 江格尔是人民的希望。

江格尔的名字，在蒙古语中，有"主人"或者"强者"的意思。江格尔是塔海兆拉可汗的后裔，唐苏克·宝木巴可汗的孙儿，也是乌琼·阿拉达尔可汗的独生子。

江格尔手下有6000多名勇士，12员大将，像群星拱月一样，围绕在他的周围，他捍卫宝木巴这块乐土，不让敌人侵犯。

同时，江格尔以攻为守，派萨纳拉远征胡德里·扎嘎尔国，派萨布尔降伏了暴君赫拉干，派洪古尔追捕窃马强盗阿里亚·芒古里，派美男子明彦偷袭托尔浒国，活捉暴君昆莫。

江格尔自己在战斗中英勇无畏，降伏了千里眼阿拉谭策吉和勇猛的萨纳拉，使他们成为自己得力的助手。在与魔王芒乃的战斗中，他的部将都败下阵来。他高呼宝木巴战斗的口号，挺枪跃马冲上前去，一枪刺中芒乃，把他挑在枪尖上，高高地举在空中。

江格尔还击溃了暴君西拉·胡鲁库，并使魔王黑那斯全军覆没。在草原上，江格尔成为了一个无坚不摧的英雄。

其次，江格尔热爱自己的部下，和他们建立了亲密的友谊。他把洪古尔当作自己的亲兄弟，不顾个人的安危到地狱去救他，江格尔心目中只有一个信念：

> 洪古尔是我最亲密的弟兄，比结发妻子还要亲近，比我的独生子更为宝贵，他的生命就是我的生命。

江格尔为救难友洪古尔，他走进地洞，通过一条狭窄的地道，来到第七层地狱。他在这里看到两座高山，一个儿童腋下夹着两座山，

■江格尔敖包

■江格尔战争浮雕

正在玩耍。

江格尔心想地下世界，竟有这般大力的儿童。江格尔向他询问洪古尔的下落。

小孩说洪古尔正在受苦，他每天都要遭受魔鬼鞭打 8000 下皮鞭。由小孩带路，他们走进了一个洁白大毡房，江格尔杀死了一个女魔和她的8个秃头儿。

经过一座红大门，便来到波涛汹涌的红海滨。有 8000 个恶魔在这里看守洪古尔，江格尔和恶魔酣战了6天，杀得妖精只剩下 400个。

江格尔在去地狱救洪古尔的时候，还碰到了一个可怕的女妖。这女妖长得又细又瘦，专门吃煮肉，被江格尔的阴阳宝剑劈为两股，上身腾空不见，下身钻进地底，仍可复原。

江格尔追到了地底，发现女妖正对7个秃儿说："地上宝木巴的希望江格尔来了！他是来寻找洪古尔的。江格尔来到时，趁着洪古尔还在海底，你们打碎他的牙齿，拔掉他的舌头，让江格尔成为宝木巴的梦幻！"

江格尔乘其不备，突然对他们说："你们黑夜的梦，你们白天的希望，江格尔，我来了！"

说罢将7个迎面而来的秃儿通通击毙。江格尔还要继续寻找，是否

还有什么隐藏的敌人。不料，忽听一个才3个月的婴儿从摇篮里发出了声音："昨天你打死了我的母亲，今天你打死了我的兄长……"

　　说着，那个婴儿便跳起来与江格尔扭作一团。这个小妖的本事远远超过他的母亲与哥哥们。双方搏斗了24天，不分胜负。江格尔的宝剑本来削铁如泥，可是一碰小妖，就似碰着了石头。小妖很自信地告诉江格尔，不出3个月，江格尔就会永远成为凋零的宝木巴的梦幻。

　　他们两人继续厮打，江格尔极力想找到小妖致命的地方。他忽然发现小妖胸口上有个针眼大的亮光，便迅猛地用钢刀刺向那亮点，果真拽出了小妖的心脏。那颗心燃起三股烈火，包围了江格尔。江格尔祈求神灵和祖先降雨灭火，才免去了灾祸。

　　正是由于江格尔的以身作则的英雄行为，爱护部下，他把6000多名勇士团结得像一个人一样。他们愿为捍卫宝木巴，为江格尔而牺牲自己的生命。他们向江格尔庄严宣誓说：

　　　　我们把生命交给短剑长枪，
　　　　把赤心献给宝木巴天堂。
　　　　我们对勇士的功绩衷心敬重，
　　　　对魔王的罪恶万分憎恨。

我们从不嫉妒别人，也不自夸，

忠心耿耿，绝不背叛，更不贪婪。

我们袒露胸膛，把心献上，

为着宝木巴甘愿让鲜血流光。

我们不怕高山峻岭，

战马一定越过它的顶峰。

我们不怕魔王强悍凶狠，

同心协力，一定把他消灭净。

我们活着无比勇敢善良，

心地宽宏，潜藏着无穷的力量，

六千又十二个伙伴亲密无间，

就像一个人一样。

在人们的想象中，宝木巴的繁荣富庶和团结友爱正是众勇士和部落人民，经过艰苦卓绝的斗争而发展巩固起来的。这种为了家乡草原而誓死抗战不怕牺牲的斗争精神，是蒙古族的宝贵精神财富。

阅读链接

江格尔找到洪古尔时，洪古尔已经死去了，江格尔是用神树叶子救活了他。

在江格尔去寻找洪古尔的过程中发现了一棵神树，他从上边摘下了20片神树叶，继续寻找洪古尔。他来到了红海的海滨，这时，洪古尔早已死去，他的尸骨变成了一堆绿草飘来，江格尔把绿草拉上岸，把洪古尔的尸骨依次排好，又把嚼碎了的神树叶吹到白骨上，白骨便慢慢地长出了肌肉。

江格尔再将绿叶吹到肌肉上，就变成了酣睡的洪古尔。又放进一片树叶在洪古尔的嘴里，他苏醒了，大声呼唤着江格尔。两位英雄热烈地拥抱在一起，崇高的友谊战胜了一切邪恶！

融入战斗精神的英雄史诗

到了14世纪60年代左右，人们想象的江格尔故事，首先在卫拉特蒙古族的土尔扈特部流传了起来，演唱江格尔故事的民间艺人，蒙古族语称作"江格尔奇"。

江格尔奇也同样产生在卫拉特蒙古族人中，江格尔的故事在江格尔奇中间以用口授心传的方式，世代传承，并且将这部史诗取名为《江格尔》。

据传说，在17世纪初，新疆土尔扈特部，有一位江格尔奇叫作"土尔巴雅尔"。

■江格尔敖包

■ 蒙古族歌唱《江格尔颂》

陶布舒尔 又作托甫秀尔，也有叫"二弦"的，是蒙古族、满族弹拨弦鸣乐器。蒙古语卫拉特方言"托甫秀尔"意为敲的东西。形制与阿肯东布拉近似。用于独奏、民歌和民间舞蹈伴奏，深受人们喜爱。

王爷 我国古代的一个爵位。"王"在秦代以前是对诸侯和周天子的称呼，在秦始皇统一天下之后，王就成为了一个爵位。王爷不一定是王公贵族出身，对国家和民族有贡献的平民，也会被授予"王爷"的称号。

他从小练习演唱《江格尔》，每学会一部长诗，就往怀里放进一块石头，久而久之，他演唱《江格尔》的本领达到了超凡脱俗的境界，成为一位著名的江格尔奇，此时他怀里的石头也达到了70块。

有一位王爷听了他的演唱后很高兴，赐予他"达兰·脱卜赤"称号，意思是会演唱《江格尔》70部长诗的史诗囊。

据说，后来清代乾隆皇帝得知他的事迹，在1771年正式追封土尔巴雅尔为"达兰·脱卜赤"。

江格尔奇有业余的、职业的、世家的和御前的几类。演唱《江格尔》时，一部分江格尔奇会弹奏叫作陶布舒尔的一种三弦弹奏乐器来伴奏，而另一些江格尔奇则不会弹唱。

江格尔奇都是一些民间表演艺术家，不管他们是弹唱还是清唱，他们都能以极度夸张的面部表情、富于变化的身体姿势、意想不到的手势、高低交替的声音、快慢不同的语速、优美的诗歌、幽默的语言还有那令人陶醉的故事来紧紧抓住人们的注意力。

江格尔奇热爱《江格尔》，到处演唱《江格尔》：在路途上，借以解除疲劳。在蒙古包里，给人们以娱乐；在仪式上，用以驱除邪恶。

他们甚至在战场上、囚室里演唱《江格尔》，以激励自己和周围的人们积极地投入正义的斗争中去。

由于，卫拉特蒙古族经历了蒙古族统一的辉煌时期，所以卫拉特蒙古族的人们将自己所经历的诸多战争融入了史诗《江格尔》中。

关于征战的部分，主要描写的是以江格尔为首的英雄们降妖伏魔，痛歼掠夺者，保卫家乡宝木巴的辉煌业绩。如征服残暴的西拉·古尔古汗之部，还有战胜残暴的芒乃汗之部。

征服残暴的西拉·古尔古汗之部讲述的是，主人公江格尔正远走他乡，曾经在他麾下的35勇士也纷纷出走后。暴戾成性、险恶凶残的西拉·古尔古汗便大举进犯宝木巴。雄狮洪古尔只身迎敌最后不幸被擒。西拉·古尔古汗派人将洪古尔拖进幽深的地洞，投入血海，让他受尽折磨。宝木巴遭到空前浩劫，百姓统统被驱赶到草木不生的沙原。

此时的江格尔正漫游天下，在青山南面的一座宫殿里，遇到一位天仙似的姑娘。他俩结成亲密的伴侣，生下一个男孩，起名少布西古尔。

过了3天，这个孩子便骑着江格尔的阿兰扎尔骏马上山打猎去了。

蒙古包 "包"是 "家、屋"的意思。蒙古等民族传统的住房，古称 "穹庐"，又称 "毡帐" "帐幕" "毡包"等。蒙古族语称 "格儿"。游牧民族为适应游牧生活而创造的这种居所，易于拆装，便于游牧。自匈奴时代起就已经出现，一直被沿用。

■江格尔皮画

■蒙古族骑兵塑像

有一次打猎时，他遇上阿拉谭策吉，老英雄让他把一支箭带去交给江格尔。江格尔看到这支箭，想起昔日的荣誉，非常思念家乡，立即返回宝木巴。

可是，故乡白骨成堆，满目荒凉。他好不容易才找到一个老人，探听到洪古尔的下落。却得知洪古尔已经被投入了地洞的血海之中。于是江格尔毅然走进地洞，到7层地狱的血海里去寻找洪古尔。

那时，江格尔的儿子少布西古尔随后也来到了宝木巴。他召集众勇士共同对敌，除掉了万恶的西拉·古尔古汗，解救了水深火热中的百姓。

江格尔冲进魔窟，把恶魔斩尽杀绝，取回洪古尔的遗骨，用神树的叶子救活了洪古尔。江格尔和洪古尔回去跟众人一道重建家园，宝木巴地方又像从前一样繁荣富强。

在这个故事中，也表现出蒙古族人团结一致的精神，和对自己家乡的热爱之情。在战胜残暴的芒乃汗之部的故事中则表达了蒙古族人誓死不屈的顽强精神。

在这个故事中，芒乃汗派使者向江格尔提出五项屈辱性的条件，扬言如不应允便率领大军进攻江格尔所在的宝木巴。

江格尔的左贤王洪古尔挺身而出，发誓宁可在清泉边洒热血，在荒野里抛白骨，也不去做奴隶。

洪古尔单人匹马冲入敌阵，夺了敌方的战旗，杀死无数敌人。但因寡不敌众，洪古尔身负重伤。这时江格尔带领众将赶来助阵。萨纳拉、萨布尔受伤后，江格尔出马同芒乃汗激战。

江格尔一枪将芒乃汗挑起来，刚举到空中时枪突然断了。洪古尔连忙跳上去同芒乃汗肉搏，其他英雄也赶上前来，大家一起斩除了这个顽敌。

正是因为蒙古民族的战斗精神，使战争故事在《江格尔》中占了很大一部分。在史诗中，江格尔和他的勇士们靠战争战胜敌人保卫宝木巴国的同时，也通过战争将声誉宣扬四海。

没有战争的时候，勇士们说：

战旗 代表军队的旗帜。战旗是军人荣誉、英勇和光荣的象征，它提醒军人牢记自己的神圣义务，英勇善战，不惜自己的鲜血和生命保卫国家的尊严。另外，战旗还起到一个向导作用，战旗走到哪里，战士就走到哪里，战旗被夺象征战败。

> 哪里才是我们大家，
> 松开缰绳赛跑的地方？
> 什么时候才能碰上，
> 比试刀枪好坏的机会？
> 什么时候才能遇见，
> 解闷的年轻对手？

在战斗中，他们不顾个人性命与敌人奋战，争取最后的胜利。宝木巴国的英雄们饮酒狂欢的时候，也向往着战斗，诗中这样描写：

■江格尔骑马雕塑

■蒙古族士兵塑像

那六千又十二名英雄，

开怀畅饮阿尔扎美酒。

不一会酒性发作，

两颊变得通红，

心突突地跳了起来，

胆量也蓦地壮了起来。

人人瞪着鹰隼般的大眼，

个个翻着顽雕般的凶睛，

一边厮闹一边嚷道：

何时再去合围打猎？

何时再和敌人相遇？

还有这样写道：

饮酒过量的勇士们，

相互撕拽纷纷议论，

说你在那场战争中当过好汉，

说我在那场恶斗中成了英雄。

　　勇士一生下来就跟战争结下不解之缘，如"凶恶的玛拉哈布哈"一章里，江格尔派洪古尔等4个英雄去下界讨伐玛拉哈布哈，四英雄被俘。阿拉坦策吉预言，只有洪古尔夫人肚子里的孩子，出生后才能救出4个英雄。这个孩子出世后第七天对江格尔说：

一个男子汉闲待三个月，

就会变成家里的累赘。

一个儿马闲待三年，

就会变成马群的累赘。

一个可汗使用的兵刃，

闲放在家里三年不用，

就会生锈变成废铜烂铁，

求求你快把我放走吧！

　　这个孩子来到玛拉哈布哈的国土，救出包括他父亲在内的4个英雄，与他们并肩作战，战胜玛拉哈布哈。

　　勇士们在战场上一点都不顾及个人的安危，对他们来说荣誉比什么都重要。为了维护自己的荣誉，为了证实对江格尔与宝木巴国的忠诚，勇士们宁愿献出自己的生命。对他们来说死亡算不了什么，为宝木巴国和江格尔的安全而死，是无比光荣的事。

　　勇士们把荣誉放在生与死的境界上去加以体验，不论胜负，只要战死在沙场上就是英雄好汉。这种价值观和生命观生动地反映在《江格尔》里。

阅读链接

　　在长篇英雄史诗《江格尔》形成以前，在西部卫拉特地区曾有过许多英雄史诗"陶兀里"及其演唱艺人"陶兀里奇"。

　　在新疆一带卫拉特人中，在原有英雄史诗演唱传统的基础上形成了长篇英雄史诗《江格尔》，原有的英雄史诗逐渐让位于这部巨型史诗，有的则演变为《江格尔》的组成部分。

　　《江格尔》成为民间史诗演唱的主体内容后，江格尔奇在演唱《江格尔》的同时，往往也演唱其他英雄史诗。于是，过去的陶兀里奇便退出了历史舞台。以至人们把其他英雄史诗的表演也归之为《江格尔》演唱。

饱含英雄情怀的传奇故事

卫拉特蒙古是居住在阿尔泰山周围的蒙古族。卫拉特是森林部落的意思，也可译作"林木中的百姓"。

在17世纪初，新疆的卫拉特蒙古族部落之一，准噶尔部日渐强大，并想兼并卫拉特蒙古族之一的土尔扈特部。因此，土尔扈特部20

■土尔扈特人雕塑

■土尔扈特回归塑像

多万人，在1630年左右，从后来的新疆塔城一带向西迁至欧洲的伏尔加河一带，并建立了土尔扈特汗国。

后来，因为各种原因，土尔扈特人面临着亡族灭种的危险，于是，在1771年1月5日，渥巴锡率领17万多人，开始了举世闻名的回归祖国的万里行程。

经过8个月的残酷战斗和艰难跋涉，在1771年7月15日，渥巴锡率领的土尔扈特部终于回到祖国怀抱。在路途中，因战斗、饥寒、瘟疫而死的达10万人，幸存的仅7万多人。

土尔扈特人能战胜千难万险，终于抵达目的地的力量有两个，一个是对祖国的无比热爱，另一个就是英雄史诗《江格尔》的鼓舞。

《江格尔》长期在民间口头流传，内容逐渐丰富。其中增添了很多表现蒙古族人民重情重义的歌颂的篇章。如关于江格尔和诸多勇士结义的部分。

在阿拉谭策吉归顺江格尔之部中，讲了这样的故事。当时5岁的小英雄江格尔，被大力士西克锡力克

渥巴锡　土尔扈特部的第七代首领，阿玉奇汗曾孙。1761年继汗位。17世纪30年代土尔扈特族迁徙至伏尔加河流域一带，后来渥巴锡在1771年1月率领本部17万人东迁，回到其祖先的家园，创造了举世闻名的民族大迁徙奇迹，是我国历史上著名的"东归民族英雄"。

■蒙古族少年

结义 又称"结拜",雅称"义结金兰",俗称换帖、拜把子箭,是非亲属英系的人因感情深厚或有共同目的而相约为兄弟姐妹的一种形式。它源于三国时代的"桃园三结义",刘备、关羽、张飞三人结为生死与共兄弟的故事,后来演变成一种具有人文色彩的礼仪习俗,是一种特殊的社会人际关系。

俘获后,西克锡力克发现江格尔是个命运非凡的帅才,怕他日后统治天下,就企图害死他。可是,西克锡力克的儿子5岁的洪古尔用自己的生命保护了他。

接着,西克锡力克派江格尔去抢夺老英雄阿拉谭策吉的马群。在赶回马群时,江格尔中箭不省人事。阿兰扎尔骏马把他带回西克锡力克的门前,西克锡力克此时正要出猎,就叫妻子处死江格尔。

洪古尔恳求母亲不杀江格尔,并用法术治好了江格尔的箭伤。于是,洪古尔和江格尔便结为最亲密的弟兄。西克锡力克多日不归,他俩出外寻找,发现西克锡力克被扣于阿拉谭策吉的牧场。

老英雄阿拉谭策吉看出洪古尔和江格尔结为一体将无敌于天下,决心归顺他们。阿拉谭策吉便对西克锡力克说:"江格尔7岁时将征服世上的妖魔鬼怪,统辖40个可汗的领地,名扬四海,威震八方。到那时,你要给他娶诺木·特古斯汗之女阿盖·莎布达拉为妻,把自己的权力交给他。我将当他的右翼首席大将,洪古尔将当他的左翼首席大将。他会治理好家乡,让宝木巴兴旺发达,繁荣富强!"

后来，江格尔果然征服了世上四方的妖怪，而西克锡力克果然让江格尔掌握了宝木巴的一切权力。在洪古尔和萨布尔的战斗之部的故事中，也有关于结义的内容。

史诗中铁臂力士萨布尔的父母，临终时叮嘱他立即去投奔江格尔可汗，但他听错了双亲的遗言，以为让他去寻找沙尔·蟒古斯，萨布尔骑着栗色骏马投奔沙尔·蟒古斯的路上，在荒凉的旷野中迷失了方向。

此时江格尔正在宫中举行酒宴，阿拉谭策吉提醒他应当尽速降伏萨布尔。于是，江格尔便率部出发，他一声令下，6000多勇士立刻冲上前去。萨布尔抡起很长的月牙斧，把勇士们打得人仰马翻。

正在这个紧急关头，洪古尔从沉醉中醒来。他跨上铁青宝驹赶到疆场，挥舞着阴阳宝剑向萨布尔杀去。两位英雄你砍我杀，互不相让。最后，洪古尔从马背上提走萨布尔，将他扔到江格尔身旁的黄花旗下。

江格尔亲自敷药，治好了萨布尔的伤口。萨布尔苏醒过来后，一连三次宣誓："我把生命交给你高尚的洪古尔，我把力量奉献给荣耀

■蒙古族武士雕塑

的江格尔！"洪古尔也庄严宣誓，跟萨布尔结为兄弟。回到宫中，江格尔举行了盛大的宴会向他们表示祝贺。

忠诚感可以说是英雄史诗的一种道德尺度，表现在人物形象上就是英雄的美德。在人类的"英雄时代"，忠诚感是每个人遵循的道德准则。人与人之间以诚相待、对部落首领要忠诚、对神和自然要忠诚是那时代人的普遍心理。

这种朴素的忠诚感反映在《江格尔》里，增加了新的含义，那就是对国家和君主的忠诚。所以在《江格尔》中所塑造的勇士们都具有忠诚、坚毅、勇往直前的英雄品质。

在勇士群中，最杰出的代表是洪古尔。他是摔跤王西克锡力克的

■蒙古族弓箭

儿子，与江格尔同龄。他有非凡的膂力，作战勇猛，被称作"雄狮洪古尔""宝木巴的擎天柱"。人们这样描写他：

> 洪古尔在战斗中，
> 从不知后退，如虎似狼！
> 洪古尔豁出宝贵的生命，
> 单人独马征服了七十个魔王。

洪古尔肩披着乌黑光亮的头发，宽大的脸膛泛着红光，明亮的眼睛聪明睿智，鹰钩的鼻子显示着他的坚定倔强。洪古尔的双肩宽阔"有七十二只凤凰的力量"；他的腰围粗壮"有五十二个魔鬼的力量"。人称他是"西克锡力克的太阳"。

洪古尔从不知畏惧，哪里最艰苦，最危

险，他便把哪里的重任承担。当江格尔答应暴君芒乃提出来的屈辱条件时，他挺身出来反对，表示他要和芒乃决一死战。他认为死不过是洒一腔鲜血，抛几根白骨，这有何可惧？可是向敌人屈服洪古尔却做不到。

洪古尔和魔王的勇士厚和查干从山上战到山下，从马上打到马下，整整酣战了49天，打得烟尘弥漫，天昏地暗。当江格尔的长枪被芒乃折断时，他顾不得自己身负重伤，从山上奔下，死死抱住了敌人，以便勇士们上来把魔王砍杀。

■ 《江格尔》歌舞

洪古尔的勇敢和忠诚，博得江格尔的称赞。江格尔说：

> 洪古尔，寒冷的时候，
> 你是我御寒的皮外套呵！
> 洪古尔，紧急的时候，
> 你是我嘹亮的海螺！
> 洪古尔，战斗的时候，
> 你是我坚固的盔甲！
> 洪古尔，奔驰的时候，
> 你是我飞快的骏马！

长枪 枪是一种在长柄上装有锐利尖头的兵械。枪的历史可以追溯到原始社会，原始的长枪仅仅将木棒头削尖，汉时的枪与矛的形制相似，多以长木杆或竹竿为杆，装上锐枪枪头，配以枪缨即制成。不同用途的长枪其长度各不相等，长枪可达8米多，短枪为1.3米左右。

> 我要活捉的敌人，
> 你给我手到擒来呵！
> 我要降伏的魔鬼，
> 你给我马到征服呵！

江格尔十分信赖洪古尔，每当他外出时，便把捍卫宝木巴的重任委托给洪古尔。洪古尔的忠诚和勇敢来源于他对家乡的热爱。

洪古尔说：

> 我和千万个凡人一样，
> 热爱家乡，憎恨魔王。
> 一旦，恶魔捣毁了金宫，
> 那时，有什么话可讲？

一旦，美丽的宝木已成了屠场，

那时，有什么话可讲？

一旦，我们的兄弟姐妹，

都成为魔鬼的奴隶；

一旦，四种牲畜，

都成为魔鬼的财富；

那时，有什么话可讲？

有什么话可讲？

此外，人们还描写了千里眼阿拉谭策吉。阿拉谭策吉能未卜先知，能洞察人间的阴谋诡计，决胜于千里之外；勇士萨纳拉，他潇洒英俊，文武双全，品德高尚；铁臂骑士萨布尔，骁勇强悍，惯使一柄月牙斧，能一手把敌人拎过马背。还有美男子明彦，他聪明睿智，能见机行事，以巧取胜。他们都是江格尔的忠实的部下，宝木巴的英雄。

《江格尔》作为一部长篇英雄史诗，史诗采用浪漫主义手法，通过丰富神奇的想象、惊心动魄的夸张、优美贴切的比喻，成功地塑造了江格尔、洪古尔和萨布尔等英雄形象。

■蒙古族风情

蒙古族军队雕塑

　　除此之外，蒙古族人民的爱情观也在《江格尔》当中体现了出来。在蒙古族女子心中，能够嫁给一个勇猛的英雄是一件非常荣耀且幸福的事情。

　　在《江格尔》中有江格尔及众英雄娶亲的各种经历，这些故事也展示出他们非凡的本领和高尚的品德。如洪古尔的婚事之部、萨里亨·塔布嘎的婚事之部等。

　　在洪古尔的婚事之部中讲了这样的故事：在一次宴会上，洪古尔请求江格尔赐给他一个妻子。江格尔亲自去扎木巴拉可汗那里求婚，要为洪古尔聘娶美貌的参丹格日勒。洪古尔去迎亲时，参丹格日勒已和大力士图赫布斯拜了天地。

　　洪古尔盛怒之下，杀死了他们，然后跨上铁青马驰去。飞奔3个月后，洪古尔跟宝驹一起昏倒在荒野上，3只黄头天鹅飞来救活了他们。

　　他们再往前跑3个月，大海挡住了去路，海中的鲟鱼出来把他们送到了对岸。洪古尔继续奔驰，来到了查干兆拉可汗的宫殿近旁。他十分疲惫，就变为一个秃头儿，让铁青马变成一匹秃尾小马。

　　江格尔见洪古尔娶亲久无音讯，就出外寻找，来到查干兆拉可汗的领土上正巧与洪古尔相遇。原来查干兆拉可汗的女儿哈林吉腊早已爱上洪古尔，正是她变成天鹅、鲟鱼拯救了洪古尔。

江格尔为洪古尔聘娶了哈林吉腊公主，一同返回故乡宝木巴。

在萨里亨·塔布嘎的婚事中，讲了江格尔在高耸入云的宫殿里举行宴会时，阿拉谭策吉提出，应当请镇压四面八方的蟒古斯的英雄洪古尔来共享欢乐，江格尔便派萨里亨·塔布嘎去请洪古尔。

萨里亨·塔布嘎到了洪古尔的家里，他向洪古尔说明来意后，萨里亨·塔布嘎表示还要到太阳落的地方去娶陶尔根·昭劳汗的女儿。出发时，洪古尔和勇士们都为他送行。

萨里亨·塔布嘎跨着骏马踏上陶尔根·昭劳汗的领土后，首先击退了向他进攻的大黑种驼和白鼻梁的红色母驼，接着又战胜了阿尔海和萨尔海两位勇士，后来还打死凶悍的勇士道格森·哈尔。

快到陶尔根·昭劳汗的宫殿时，他变成一个秃头儿，他的骏马变成一匹长癞的小驹。

当他来到可汗的宫殿时，只听见陶尔根·昭劳汗正向各地来求亲的英雄好汉宣布，大家都去参加射箭、赛马、摔跤三种比赛，谁获得全胜他就把公主许配给谁。

秃头儿要求参加比赛，可汗心里虽然很不乐意，也不好不让他参加。开始比赛之前，可汗请卜卦人来算算是谁娶公主。卜卦人占卜后对可汗说，将要娶公主的是个秃头儿。

蒙古族骑兵雪雕

比赛开始了。射箭时，各地的英雄好汉谁也没射中目标，最后让秃头儿给射中了；赛马时，秃头儿骑着长癞的小驹得了第一名；摔跤时，秃头儿同天上和地下来的各路有名的摔跤手较量，把他们一个个摔到很远很远的地方。

3种比赛都获胜以后，萨里亨·塔布嘎恢复了自己的原貌。于是，陶尔根·昭劳汗把最小的女儿奥特根·哈尔许配给萨里亨·塔布嘎，为他们举行了盛大的婚礼。

从游牧文化中传下来的英雄主义精神，与当时的历史条件的优越感和荣誉感，成了《江格尔》的精神支柱。当时，整个民族的民族情感、精神状态、心理特性为《江格尔》的主题思想的形成提供了文化土壤，使之成为了一部饱含英雄情怀的史诗。

阅读链接

在史诗中，勇士娶妻的条件和他们证明自己英勇无比及当之无愧的方式就是骑马、摔跤、射箭，这说明蒙古民族自古便有崇尚勇猛、强悍、进取、奋斗精神的民族审美意识。这种审美观念的产生、审美情趣的形成绝非偶然。一个民族独特的心理素质或民族性格，对一个民族特别倾心于某种审美意识是紧密相连的。

《江格尔》及其一系列蒙古族诗史中所反映出的蒙古族自古就是一个"四季出行逐水草而居"的游牧民族，长期过着游牧生活。

这种长期迁移、游牧和战争的特点，决定了马、弓箭及过人的体力在其生活、战争中重要的地位和功能。善骑、射箭，摔跤是蒙古民族生产和生活的需要，在此基础上蒙古族人民形成了对马、弓箭、摔跤特别突出的审美意识。

具有独特艺术魅力的史诗

　　《江格尔》是在蒙古族古代短篇英雄史诗的基础上形成的草原文学代表性作品，它继承、发展了蒙古族古代民间创作的艺术传统和艺术手法，语言优美精练，想象大胆奇特，擅长夸张、渲染，富于浪漫主义色彩。

　　《江格尔》还博采蒙古族民间文学中各种韵文样式在艺术上的特点，用以增强表现力，达到了蒙古族传统民间韵文创作的高峰，在蒙古族文学发展史上享有很高的地位。

蒙古族风情

另外，与世界其他著名的史诗相比，《江格尔》有独特的篇章结构。许多民族的史诗是以连续的故事情节为主线贯串而组成的，而有的英雄史诗则以英雄人物的活动为主线，《江格尔》就属于后者。

它的特点是各个章节都有一批共同的英雄人物形象，以此作为有机联系构成它的结构体系。以江格尔汗为首的英雄人物如洪古尔、阿拉坦策吉、古恩拜、萨布尔、萨纳拉、明彦等人及其英雄事迹，始终贯串各部长诗，这就使数十部长诗统一成为一个规模宏大的《江格尔》史诗集群。

除了少数几章外，《江格尔》的各部长诗在情节上互不连贯，各自像一部独立的长诗，并作为一个个组成部分，平行地共存在整个英雄史诗当中。这种结构，国内学界已经习惯于称作"并列复合型英雄史诗"。

除了这种总体结构外，《江格尔》的各个长诗也有自己的情节结构，它们都由序诗和基本情节两个部分组成。序诗以静态手法介绍江格尔及其家乡、人民和众勇士，基本情节部分则以动态手法描写英雄们惊心动魄的业绩。

《江格尔》的每一部诗章都以优美的序诗开始，序诗交代江格尔

■蒙古族风情

苦难的童年，历数他在逆境中创造的丰功伟绩，赞颂圣主江格尔和天堂般美丽富饶而又幸福太平的宝木巴家乡，歌颂他那美丽善良的妻子以及勇敢无畏的勇士们。

接着，序诗叙述少年英雄江格尔神话般的事迹。江格尔在他刚刚2岁的时候，吃人恶魔蟒古斯袭击了他的家乡，他成为孤儿。

江格尔刚刚3岁，他就跨上神驹，冲破了三大堡垒。江格尔刚刚7岁，打败了东方的7个国家。从此，他的业绩光照人间，勇士的美名闻名遐迩。

江格尔的夫人，永远像16岁少女的阿盖·沙布塔拉。她向左看，左颊辉映，照得左边的海水波光粼粼，海里的鱼儿欢快地跳跃。她向右看，右颊辉映，照得右边的海水浪花争艳，海里的鱼儿欢快地跳跃。

在介绍和赞美之后，艺人们由序诗转入正题，叙述勇士们的一次次英雄业绩。

《江格尔》作为一部长篇英雄史诗，史诗采用浪漫主义手法，成功地塑造了江格尔、阿拉谭策吉、洪古尔等英雄形象。

蒙古族雕塑

　　在描写宝木巴汗国的缔造者江格尔时，反复叙述了他苦难的童年与艰苦的战斗经历，把他描写成一位机智、聪明、威武、能干，深受群众拥戴，为宝木巴事业奋斗不息的顶天立地的英雄人物。

　　江格尔作为一代开国汗主，是国家的缔造者、组织者和领导者，受到众勇士和人民的衷心拥戴。他成了众勇士的榜样、头脑和灵魂，人民的希望，是宝木巴繁荣昌盛的象征。

　　此外，史诗还塑造了勇猛善战的洪古尔、大力士萨布尔、智慧的阿拉坦策基、外交家美男子明彦、能言善辩的凯古拉干等英雄形象。这些理想化的正面形象大都是半人半神式的英雄。

　　他们一方面有着现实生活中的各种禀性特征，另一方面又有着天神的非凡智慧和本领。这些英雄不但具有疾恶如仇、勇猛善战、忠于家乡、忠于人民的共同性格特征，而且具有比较鲜明的个性特征。

　　不仅如此，即使那些性格相近的人物也各有特点。例如，洪古尔、萨布尔和萨纳拉3员猛将，一个大公无私，一个忠诚老实，一个有时不免计较个人名誉，在性格上仍有一定的差异。

《江格尔》描写最成功的英雄形象是洪古尔。史诗饱含感情地说洪古尔身上集中了"蒙古人的九十九个优点"，体现了草原勇士的一切优秀品质。

他对人民无限忠诚，对敌人无比痛恨，有山鹰般勇敢的精神，有顽强不屈的斗志。他热爱家乡、热爱人民，不畏强暴，为了宝木巴粉身碎骨也心甘情愿。

洪古尔的形象比较突出地体现了蒙古民族那种吃苦耐劳、顽强坚定和英勇尚武的性格。

草原英雄离不开骏马，因而史诗除了突出歌颂英勇善战的骑马英雄江格尔及其部下，还同时突出表现了主人公与其战马之间亲密无间、生死相依的关系。

《江格尔》塑造了一个个神奇的骏马形象，像江格尔的阿兰扎尔骏马、洪古尔的铁青神驹，都是英雄最忠实的朋友和得力助手，它们能够自由驰骋于宇宙三界，能够帮助主人出主意，在主人遇到灾难时能够保护主人。

江格尔的马叫"阿兰扎尔"，通达人情世故，甚至会说人话，犹如神

■蒙古族艺术雕像

灵一般无所不能。诗中这样描写：

阿兰扎尔的丰满的臀部，

集中了一切瑰丽；

阿兰扎尔的眼睛，

集中了一切锐利；

阿兰扎尔的挺劲的前腿，

蕴藏着一切速力；

阿兰扎尔的挺起的胸脯，

和阿尔泰山一样齐；

阿兰扎尔的坚硬的四蹄，

能把敌国的土地踩成稀泥。

《江格尔》还塑造了很多暴君形象，如凶恶的沙尔·古尔古、残暴的哈尔·黑纳斯、芒乃汗以及多头恶魔蟒古斯等。此外，史诗还较为出色地刻画了一些普通劳动者的形象，而且在艺术创作方面也是别

■雪夜骑马蜡像

■蒙古族艺术雕像

具匠心的。

　　并且，《江格尔》还运用了想象和夸张的写作手法，这些手法体现在对宝木巴的描写，对英雄人物和美女的描写，对战斗场面和战马的描写，以及对敌人的描写，而且文字生动优美。

　　如对江格尔的宫殿是这样描写的：

　　　　江格尔的宫殿壮丽雄伟，

　　　　六十六个檐角凌空欲飞，

　　　　八十八个纹窗璀璨夺目，

　　　　七千根画栋绚丽多彩，

　　　　巍峨的宫顶穿过云海，

　　　　距那天宫只有三指远。

　　　　珊瑚玛瑙铺地基，

　　　　珍珠宝石砌墙壁，

　　　　万有的至高的主宰者，

■ 蒙古族蜡像

是孤儿江格尔。

他坐在四十四条腿的宝座上，

光辉灿烂，好像十五的月亮。

　　史诗对江格尔妻子阿盖的美丽的描写，也具有同样的特点：

　　　　阿盖向左看，左颊辉映，

　　　　照得左边的海水波光粼粼，

　　　　海里的小鱼欢乐地跳跃。

　　　　阿盖向右看，右颊辉映，

　　　　照得右边的海水浪花争艳，

　　　　海里的小鱼欢乐地跳跃。

　　史诗为了强调表现某一人物和事物，大量运用

民歌 原本是指每个民族的传统歌曲，每个民族的先民都有他们自古代已有的歌曲，这些歌绝大部分都不知道谁是作者，而以口头传播，一传十十传百，一代传一代地传到至今。今天所说的民歌，是指流行曲年代的民歌，以自然坦率方式歌唱，唱出大家纯朴生活感受的那种歌曲。

了数字的夸张。如写英雄萨纳拉身穿"七十层厚的战袍，七十层厚的战袍上披挂着八层铠甲"。写千里眼阿拉谭策吉则用"七十个人也抬不动的大碗，一气干了七十五碗美酒，一连又喝了八十五碗醇酒"。

描写洪古尔的威武，说他"腹粗八十五尺，腰围三十五丈，洪古尔身上凝结着十二头雄狮的力量"。有一回，他被魔王芒乃射中一箭，竟用了12个勇士，才把他身上的箭矢拔下来。

洪古尔使用的宝弓巨大无比，要用500个力士才能给他上弦，一箭能射穿50个敌人的头颅。

明彦跑进魔王昆莫的宫殿，用利剑在魔王身上捅了71下，才使魔王从睡梦中醒了过来。魔王的勇士扎拉干一步能跨一条河，两步能跃一座山。

这些想象和夸张的语言描写，表现出一种粗犷雄浑的精神气质，使人物形象跃然纸上。

谚语 是熟语的一种。是流传于民间的比较简练而且言简意赅的话语。多数反映了劳动人民的生活实践经验，而且一般都是经过口头传下来的。它多是口语形式的通俗易懂的短句或韵语。和谚语相似但又不同的，有成语、歌后语、俗语、警语等。

■蒙古族金顶大帐

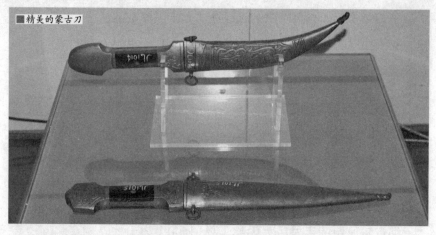

　　《江格尔》的民族性还表现在语言运用、表现手法等诸多方面。如运用丰富优美的卫拉特民间口语，融合穿插蒙古族古代民歌、祝词、赞词、格言、谚语，以及大量采用铺陈、夸张、比喻、拟人、头韵、尾韵、腹韵等。

　　总之，《江格尔》像一座民族历史画廊，又似一座博物馆，更像那远古民族向后人弹奏的一部天籁曲，诉说着蒙古人民的古老传说。

阅读链接

　　《江格尔》通过其丰富的思想内容和生动的艺术形象，描绘了洋溢着草原生活气息的风景画与生活图景，体现了蒙古民族特有的性格特征和审美情趣，在艺术风格方面具有鲜明的民族特色。

　　史诗满怀深情地描绘了阿尔泰山的奇壮景观，对古代卫拉特部落的生活环境，作了富有民族特色的渲染。

　　蔚蓝的宝木巴海，高耸入云的阿尔泰山，翡翠般的千里草原，一望无际的银色沙漠，嘶鸣奔腾的马群，玛瑙般的牛羊，光芒四射的巍峨宫殿，构成一幅五光十色、绚丽多彩的草原特有风景画。

　　在辽阔的草原上，牧马人拿着套马杆翻过高山，越过湖泊，追逐奔驰的烈马的精彩场面，嫩绿的牧场上举行着的"好汉的三种竞赛"的情景，令人神往。

《玛纳斯》是我国柯尔克孜族的英雄史诗，是我国三大英雄史诗之一。它通过曲折动人的情节和优美的语言，体现了柯尔克孜族勇敢善战、百折不挠的民族精神与民族性格，是一部具有人民性和思想性的典型英雄史诗。

《玛纳斯》主要流传于新疆南部的克孜勒苏柯尔克孜自治州以及新疆北部特克斯草原、塔城等柯尔克孜人聚集的地域。

此外，中亚的吉尔吉斯斯坦、哈萨克斯坦及阿富汗北部地区也有《玛纳斯》流传，是一部具有世界影响力的史诗。

柯尔克孜的民族魂

玛纳斯

无畏英雄诞生的传奇故事

■ 柯尔克孜族勇士

传说在很久以前，草原上有一个草木丰茂、水源充足、宜于放牧和耕种的地方，那里有一位叫汗玛玛依的部落族长。他睿智、公正、勇敢，周围有40多个部落从四面八方前来归顺他，汗玛玛依将自己的部落取名为"柯尔克居孜"。

汗玛玛依族长的第六个妻子给他生了一个儿子，取名"布多诺"。汗玛玛依族长逝世后，布多

■柯尔克孜人征战图

诺即位，将"柯尔克居孜"改名为"柯尔克孜"。

到了11世纪末，柯尔克孜族这时的族长是奥劳孜杜，他带领的柯尔克孜因为部落比草原上其他各部较小，经常遭到侵略，但是柯尔克孜族的人们以坚强不屈的意志，一直进行着反抗。

奥劳孜杜去世后，他的儿子加克普继续带领族人进行反抗，长期的斗争使得柯尔克孜族人形成了坚忍不拔的高尚品格。加克普的儿子名叫"玛纳斯"，当玛纳斯当上族长后，带领人们多方征战，取得了很多胜利。

人们为了纪念玛纳斯，也为了传扬本民族的反抗精神，在部落中出现了传唱玛纳斯族长带领人们征战的说唱艺人，人们称他们为"玛纳斯奇"，并将他们说唱的史诗取名为《玛纳斯》。

每一个玛纳斯奇都会在玛纳斯的事件上根据自己

族长 亦称"宗长"，是我国古代社会中家族的首领。通常由家族内辈分最高、年龄最大且有权势的人担任。族长总管全族事务，是族人共同行为规范、宗规族约的主持人和监督人。

■ 柯尔克孜族人物风情

手纹 又名掌线、掌屈纹等。我国从古代延至后来，将掌内之主要纹线分为四大条，天纹、人纹、地纹、玉柱，并将其天、人、地三线合称为"三才纹"。而其掌内之小掌线纹则是千变万化，名称繁多，古人认为，通用手纹可以看出一个人的命运。

的语言特色、知识储备和生活阅历进行即兴创作，玛纳斯的形象渐渐地富于了传奇色彩。在《玛纳斯》的说唱中，对玛纳斯的青少年时代是这样描述的——

那是在玛纳斯出生之前，他的父亲加克普因没有继承人，为此常常遭受人们的议论。加克普求子心切，按照传统的风俗，命妻子绮依尔迪到密林深处去过孤单的生活，让她在那里受孕。这是一种古老的求子仪式，柯语叫"额尔木"。

仪式过后，绮依尔迪果然怀孕，她便住在山里等待孩子出生。加克普派了一个孤儿上山送水送饭。一天，这孤儿在回家的路上，发现丛林中有40个孩子，长得一个模样。另外还有一个男孩，别的孩子们称他"玛纳斯"。其中的一个孩子说他们是玛纳斯的40勇士。

这一预兆也被另外的人看到过，加克普很担心这事会被柯尔克孜族的死对头卡勒玛克族人知道，为了保密，他把那个孤儿杀了。

但是，卡勒玛克的汗王阿牢开从占卜师那里得知柯尔克孜人中要降生一位盖世英雄。阿牢开把这一信息迅速报告给大汗王秦额什。

秦额什听后大惊失色，立即传令，不能让柯尔克孜人单户独居，必须每5户派出一个侦探看管。并对所有的孕妇，进行剖腹探查。

一天之内，柯尔克孜族有5000个孕妇死于非命。偶然有漏查而出生的孩子，要查手纹，若发现占卜师所说，手心有"玛纳斯"字样，当即处死，但是由于绮依尔迪住在山上，所以逃过了一劫。

绮依尔迪怀孕期间，得了一种奇怪的病，想吃神鸟的眼珠、老虎的心、狮子的舌头。分娩时，生下了一个肉囊，从中划开，才取出一个白胖小子，沉重异常，大人抱不起来。婴儿一手握着血，一手握着油，展开右掌，果然有"玛纳斯"字样。

■玛纳斯和母亲的雕塑

人们知其不凡，为了瞒过卡勒玛克的侦探，换了一条小狗装进肉囊。大家守口如瓶，谁都不叫这婴儿"玛纳斯"，另取名叫"大疯子"。玛纳斯在众人的保护下平安出世，又隐姓埋名。

玛纳斯长到4岁，体魄魁梧。到6岁开始放牧。长到9岁，便能跨马征战。玛纳斯慷慨好施，常与牧工们共进佳肴，父亲加克普看到

■萨满教祭神场景

铠甲 古代将士穿在身上的防护装具。我国先秦时，主要用皮革制造，称甲、介、函等；战国后期，出现用铁制造的铠，皮质的仍称甲；唐宋时期以后，不分质料，或称甲，或称铠，或铠甲连称。

后对玛纳斯斥责了一顿，玛纳斯气愤下逃离家乡。

他离开家乡巴里坤，到了农耕的吐鲁番，学会了播种耕耘，开荒修渠。以后，他又在母亲的帮助下，投奔舅舅巴里塔。

巴里塔是位巨人，又是预言家。他是加克普的亲弟弟，但绮依尔迪却是他的战利品。他将绮依尔迪视为妹妹，送给了加克普做妻子，从此以兄长自居，并对绮依尔迪关怀照顾。因此玛纳斯把他当作最可信赖的舅舅。

巴里塔老人教育玛纳斯，只有得到众人援助，才能完成英雄的事业，并送给外甥一支枪和一把金刚宝剑，还请铁匠专为玛纳斯锻造了精良的长矛和战斧。

巴里塔让自己的儿子楚瓦克当玛纳斯的勇士。楚瓦克后来成为玛纳斯左右臂膀之一。最后巴里塔指点玛纳斯去找最著名的智慧老人巴卡依。一定要请出巴卡依来辅佐他。玛纳斯果然找到了这位长寿的智者。

玛纳斯少年时期过的是流浪生活，也正因为这样，才有机会广泛接触了社会，尤其目睹了异族卡勒玛克人对柯尔克孜人的种种欺凌，铭记于心，立志要推翻他们的统治。他在巴卡依、巴里塔等老一辈英雄的帮助下，聚集了40位勇士。

玛纳斯找人制造了各种兵器、战袍和铠甲。他把分散的柯尔克孜族人统一了起来，还联合了其他受欺压的弱小民族，组成联盟，壮大了实力，从此玛纳斯便开始了征战的生涯。

萨满教作为柯尔克孜族的原始信仰，它的世界观和文化内涵对柯尔克孜族人民的观念、习俗及民间文学的影响力是相当大的。

《玛纳斯》形成于柯尔克孜族人民信仰萨满教的时代。柯尔克孜族人的生活生产、伦理道德、民风民俗、文学艺术等均与萨满教的世界观交融于一体，形成了别具特色的萨满文化。

古代柯尔克孜族的萨满教信仰、萨满教世界观以及与萨满教有关的习俗仪式等，都在玛纳斯的诞生过程中得到了展现。

原始先民们在征服自然的斗争中常感到无能为力，自然界里许多

■崇拜苍天的萨满教

■柯尔克孜人祭祀画面

现象令他们茫然不解，惊恐畏惧。在大自然中，悠悠苍天最令原始人感到神秘莫测。苍天不仅有日月星辰出没，而且还有雷鸣闪电发生。

原始先民们凭借他们的智力和生产水平对这些现象不能解释，他们便相信神灵的存在，苍天崇拜由此就产生了。万物有灵观念的产生，为萨满教的形成创立了环境。柯尔克孜族的苍天崇拜是根深蒂固的。古代柯尔克孜族人祭天、拜天、向天祈祷的习俗曾经十分盛行。

在《玛纳斯》中，加克普没有儿子，他向上天祷告，把妻子送到森林里独居，他们的虔诚感动了上天，妻子在林里面怀上了英雄玛纳斯。玛纳斯应该是上天赐予人类的儿子，因此他才非同凡响，具有超人的神力。

由于崇拜苍天，苍天中的一切，如日、月、星辰也都受到崇拜。在柯尔克孜族的神话中，天神创造的第一个人就是"月亮父亲"，因此，月亮在柯尔克孜族人民心目中的地位是非常崇高的。

所以，《玛纳斯》里惯用月亮来形容英雄，如"月亮般的玛纳斯""月亮湖玛纳斯"等。

同时，月亮是洁白的，因此，柯尔克孜人对于月亮的颜色也十分地崇拜，白色象征善良，白色象征神力。白色的乳汁、洁白的面粉均为吉祥、圣洁之物。

所以，在玛纳斯的母亲难产时，家人为她进行祈祷仪式，在长杆的头上绑上白色的棉花，从窗子里挑出去，借助白棉花的神力，向苍天祈祷。

信仰萨满教的民族普遍存在着对乳汁的崇拜观念和习俗。而史诗中，玛纳斯出世的时候就是一手握着血，一手握着乳汁。这里的乳汁就是象征着美好的生活。

在萨满教信仰中，苍天崇拜高于一切，与苍天有关的一切都是神圣的。树木高耸入云天，在原始先民们的心目中，它被认为通天的媒

介，连接天界与人世的阶梯。树崇拜成为萨满教的重要观念之一。

　　自古以来，在信仰萨满教的北方一些民族中仍然存在着祭树的仪式。鄂温克人所祭的"敖包"是一棵树，蒙古人的祭敖包仪式，也是先在敖包上插上树枝。

　　树木具有很强的繁殖能力和巨大的生命力。人和动物一代代死去，而许多的参天古树却能够活几百年。树木所具有的这种顽强的生命力为人们所倾倒，引起他们无限的遐思，于是，有关树生子的神话也就孕育而生。

　　萨满教相信树木有很强的繁殖能力，那么根据原始人的联想思维方式，自然的他们也会认为只要让不怀孕的妇女在树林里居住，这样树木的繁殖能力就可以传给妇女让她们怀孕。

　　所以，在《玛纳斯》中，玛纳斯的母亲就是因为以前没有生下孩子，所以他的父亲把她送到了树林里去做这个仪式，也就是通过了这个仪式，玛纳斯的母亲才怀上他。

　　柯尔克孜族人在西迁以前，他们的祖先在叶尼塞河上游的山林地带曾经长期以狩猎为主。西迁到天山和阿尔泰山以后，柯尔克孜族人的生存境域变了，生产与生活也发生了很大的变化。但是，狩猎仍然是柯尔克孜族民众生活中的一个重要组成部分。

吃兽肉、着兽皮的生活方式，决定了狩猎民族对动物的依赖。由于狩猎工具的简陋，生产力低下，人们经常遭受野兽的袭击，猛兽成为先民致命的威胁。

对于野兽这种既畏惧又崇拜的心理导致了对动物崇拜观念的形成，崇尚动物的审美意识也与那个时代的生产与生活方式直接相关联。

玛纳斯的母亲怀孕以后要吃老虎的心、狮子的舌，还有神鸟的眼睛。原始先民们认为通过这些猛兽的力量就可以转化到英雄的身上。

另外，柯尔克孜族人相信受到动物肺叶的敲打，无灾的得福运，有灾的去灾。所以，玛纳斯诞生前，他的母亲因为难产很痛苦，他的父亲按照柯尔克孜族人的习俗，宰杀了一只黄头羊，用羊肺敲打他母亲的头，这样玛纳斯才得以顺利出世。

玛纳斯的诞生过程，从他父母的祈子，到怀孕，再到出生，一贯而终的是柯尔克孜族人民的萨满教的信仰，动用了萨满教的一套出生仪式，他实际上就是在萨满教的环境中诞生的。

阅读链接

在《玛纳斯》里，玛纳斯出生前，有人在树林里发现了40个孩子，这个预兆是在说明，玛纳斯不是一般的凡人诞生，他是拯救世人的，有不一般常人的地方。而玛纳斯的出世也不是简单的，随玛纳斯一起出来的那个肉囊，也反射出原始先民们的思想意识。

在古老的北方民族英雄传说中，强有力的英雄往往出自肉囊之中或巨卵之中。

原始先民们通过自己平时的观察，看见一些动物从卵里孵化出来，于是在他们的思维里，卵就成了生命的象征，同样的肉囊也是这种观念的延伸。

充满浪漫色彩的爱情传说

另外，在《玛纳斯》中，还有关于玛纳斯婚姻的部分，将玛纳斯的妻子塑造成了一个美丽、善良，并且全心全意帮助柯尔克孜族人的形象。

玛纳斯的妻子名叫"卡妮凯"，她雍容静穆，聪敏过人。她的父亲铁木尔汗有3个孩子，她居二，长兄叫"卡拉汗"，三弟叫"夏铁木

■卡妮凯生活壁画

■玛纳斯打猎壁画

尔汗"。长兄卡拉汗最有声望，大家便称美丽贤慧的卡妮凯是卡拉汗的公主，她随卡拉汗在风景宜人的布哈拉居住。

一日，天高云淡，风和日丽，卡妮凯率领着40位宫女在湖边游玩，恰逢玛纳斯率雄狮向别特巴克套进军，途经这里。玛纳斯在骏马上瞧见了这位姑娘，立刻被公主多情的风采所吸引。

玛纳斯勒住缰绳，把右腿搭在马脖子上，嘴上叼着枣木烟袋，仔细端详着卡妮凯。玛纳斯想，这是人间女子还是天上仙女，我能否与她结成良缘？

在场的40位宫女谁也没有注意，只有卡妮凯看到马上的勇士是那么英俊。由于战事紧急，玛纳斯带领着勇士迎着战鼓扬鞭而去，但是湖畔却留下了他们彼此的思恋。

后来，玛纳斯一直忙于战争，第五次塔什干之战取胜后，才想起湖畔姑娘卡妮凯的倩影，征得父亲加克普的同意，便派最善于办外交的勇士阿吉拜去求亲。

烟袋 过去吸水烟或旱烟的用具。一般由烟袋锅、烟袋杆、烟袋嘴构成。烟袋包是装烟末的专用工具，一般系在烟袋杆上。

公主 是我国古代对皇女、王女、宗女封号。公主通常是皇女位号，只有在部分特殊情况下，宗女才能破格晋封为公主。在我国典籍中常将公主简称为主。公主下嫁称适，迎娶公主则称尚。公主通常有封号、封地。

■边塞贸易市场

　　阿吉拜风流倜傥，口才很好，又懂礼貌，与各种人打交道，都能做到让对方过得去，又不失自身的体面。这位天才的、心地善良的外交使节，见到卡妮凯的长兄卡拉汗以后，举止得体，珍珠般的言语令人钦佩：

　　　　我的汗呵，你身边有一只俊美的小鸭，
　　　　我的汗呵，我们那里有一只勇猛的鹞鹰。
　　　　让你的小鸭飞走吧，
　　　　让我们的鹞鹰把她擒！
　　　　我的汗呵，你身边有一只洁白的天鹅，
　　　　我的汗呵，我们那里有一只勇猛的雄鹰。
　　　　让你的小天鹅飞走吧，
　　　　让我们的雄鹰去搜寻！

　　但是卡拉汗提出了条件苛刻的聘礼，要一笔大得无法付出的聘礼，其中包括一棵金树，一棵银树，一个装满酥油的湖，一个装满奶汁的湖。

　　阿吉拜既没有表示嫌多，也没有表示允诺，彬彬有礼地告辞。不料刚调转马头，却被卡妮凯挽留。他随机应变说："本想问嫂嫂的名字，可我没有带来馈赠的礼物。"

　　卡妮凯交给阿吉拜一块手帕，要他送给玛纳斯。这是她早已准备好的，并以坦率的赤诚，请阿吉拜向玛纳斯转达她的爱情。毫无做作，又毫不鲁莽，很自然地向玛纳斯献出了纯情。

　　阿吉拜异常出色地完成了求亲的使命。玛纳斯见到卡妮凯的定情信物，喜不自禁。为了交付聘礼，他每日带上勇士们上山围猎，将野味换成茶叶、布匹和各种用品，然后乔装成商人，驮上帐篷、物品，直奔卡拉汗的牧村。

定情信物 定情信物包括：戒指、如意、罗汉钱、红豆、凤钗、手帕、荷包等，或者是家中祖传的某种小物件、本人精心选购的某种纪念品等。不管信物为何、价值是否贵重，信物总会有一定的来历或与自己有特殊的关系，其精神上的含义肯定是不能用物品是否值钱来衡量的。赠上了信物，犹如呈上了自己的心愿，表明自己将终身不移其志。

柯尔克孜的民族魂　玛纳斯

■边塞贸易市场

■柯尔克孜人

英雄赞歌

三大英雄史诗与内涵

陵墓 指帝王诸侯的坟墓。亦泛指坟墓。我国历来以农业立国，重土地，表现为生时留恋乡土，死后则归葬乡土，此为人生之最后归宿。因此，人们格外重视自己的坟墓，而帝王对陵墓的要求更高。

毡房 就是毡帐。我国新疆哈萨克族牧民春、夏、秋三季所住的房屋。它不仅携带方便，而且坚固耐用，住居舒适，并具有防寒、防雨、防地震的特点。房内空气流通，光线充足，千百年来一直为哈萨克牧民所喜爱，被称为白色的宫殿，是哈萨克族先民的重要创造。

玛纳斯摆开货摊，立刻吸引了许多姑娘和媳妇们，但唯独不见卡妮凯。玛纳斯出于对未婚妻的思念，在一个深夜悄悄地走进了她的毡房，却被公主的短剑刺伤。

玛纳斯慌忙逃离了毡房以后，他不责怪自己的冒失，反而对卡妮凯十分气恼。从此，对未婚妻采取冷淡的态度，以示报复，6年之内没有再提这件婚事。

卡妮凯并不因此泯灭对玛纳斯的爱情，她不卑不亢，稳重自持。后来，在勇士们的催促下，玛纳斯才派了一名笨拙鲁莽的使臣到布哈拉去捎信说，如果卡拉汗的女儿愿意嫁君王，就把她带来，否则他玛纳斯就不客气了。

这个使臣，用柯尔克孜人的话说，是个"粗得叫他取帽子，他会连人家的脑袋也取下来"的勇士。他风风火火地来到卡拉汗面前，一连声地训斥。

卡拉汗惧怕玛纳斯的武力，唯恐布哈拉被夷为平地。他无可奈何，只得为公主陪送了畜群，选了20名男女青年，简简单单地把卡妮凯送去结婚。

婚后，玛纳斯因听信另外两个美女的谗言，曾经两度遗弃过卡妮凯，而卡妮凯却通情达理，办事干练，洞察世事，为人处世，落落大方。她那惊人的毅力和高尚的情操，使人们更尊敬她，也更同情她。

卡妮凯从不用甜美的话语去博得君王的温情，而是全心全意为玛纳斯家族和柯尔克孜人民效力。最终使勇猛粗犷的玛纳斯为之折服。

卡妮凯从此在玛纳斯心目中，占据了不可取代的地位，成了他最心爱的妻子，也成了他的辅佐和朋友，除了在战场上，玛纳斯简直一时一刻也离不开她。

民族的灾难，生活的磨练，爱情的坎坷，考验了他们，也锻炼了他们。卡妮凯成为唯一能参加最高军事会议的女性，她的意见受到全体参加会议的汗王们的重视。

玛纳斯牺牲以后，卡尼凯的悲哀超过所有的人。但她牢记着玛纳斯的遗言，为他选择了理想的墓地，建造了精美的陵墓。她团结活着的勇士们，在艰难的条件下抚养独生子，以便重振玛纳斯的未竟之业。她对玛纳斯的爱，自始至终，矢志不移。

阅读链接

在《玛纳斯》的人物体系中，妇女形象塑造得最为光彩夺目，而且她们往往具有未卜先知的神力。

玛纳斯之妻卡妮凯美丽而高贵，精明能干，并具有未卜先知、使人死而复生的神力；玛纳斯之子赛麦台依的妻子阿依曲莱克，是位具有倾国倾城美貌的仙女。遇到紧急情况，她能幻化作白天鹅在蓝天中飞翔；玛纳斯之孙赛依台克的妻子是善战的仙女库娅勒，她可以轻而易举地用矛尖挑起山一般大的巨人。

《玛纳斯》描写了仙女的聚集如卡依普仙女、芥孜碧莱克仙女、帕提古丽仙女，他们都是史诗中英雄们的妻子。当她们的丈夫遇到险情之时，她们飞上天空，前去救助。

为了正义七次远征出战

在《玛纳斯》中，战争的描述占了绝大多数。这些战争都是柯尔克孜族人反抗掠夺和奴役的，为争取自由和幸福生活进行斗争的真实写照。

这不仅表现了被奴役的柯尔克孜不可战胜的精神面貌，还歌颂了

■柯尔克孜勇士

■柯尔克孜勇士

柯尔克孜族人民对侵略者的反抗精神和斗争意志。

玛纳斯一生中共经历了7次远征。玛纳斯第一次征服的对象是卡勒玛克人之中强悍的首领空托依。空托依的部落长期靠掠夺为生，队伍精壮，生活富裕，柯尔克孜人的家乡被他们强占。听说玛纳斯要为柯尔克孜人报仇，他们立即按军事组织千人一营地布满了草原。

空托依的将士训练有素，威风凛凛，不可一世。玛纳斯的队伍刚与之交锋，便是一场恶战，无论是老将还是小将，都败于空托依之手。

直至玛纳斯亲自出阵，才用长矛刺中了强敌，顿时转败为胜，使敌人大乱阵脚，丢盔弃甲，狼狈逃遁。空托依的部落被掳掠一空，柯尔克孜人获得了许多战利品。

玛纳斯见此情景十分不安，向巴卡依老人进言："掳掠人民的财产，那是暴军们干的事情！凌侮可怜

长矛　一种冷兵器，类似长枪，比长枪更长，真正意义上的长矛长度一般为五六米，主要由步兵使用。进攻时为方阵，前排士兵长矛向进攻方向持平，第二排士兵将长矛于前排士兵相隔间隙处向前持平亦可略微向上倾斜，后续方阵士兵依次将长矛前倾。

的百姓，那是空托依汗的本领。"

　　玛纳斯主张大家不要战利品，分给众百姓，让战败一方的百姓们仍旧安居乐业。但是老英雄巴卡依、巴里塔、加木额尔奇等人都不以为然，觉得连战利品都没有，还算得什么胜利。

　　因为未能分得战利品，老将们满怀气愤地离去了。玛纳斯的意见却得到青年伙伴们的支持。但是卡勒玛克的百姓们把玛纳斯与空托依作了比较，他们从心里拥护玛纳斯，也都想归顺玛纳斯。

　　玛纳斯第二次出征是攻打卡勒玛克的肖鲁克汗。玛纳斯杀死空托依之后，本来约法三章，只要卡勒玛克人好好过日子，就不为难大家。可是有个阿牢开汗，鼓动人们席卷而逃。

　　受到鼓动的卡勒玛克人一夜之间全部逃走了，留下的只是空空的毡房和无人看管的牲畜。卡勒玛克人逃到肖鲁克那里，肖鲁克为了给空托依报仇，故意骚扰柯尔克孜的友邻哈萨克人。玛纳斯闻讯，火速堵截，并且大获全胜，肖鲁克死于玛纳斯的长矛之下。

　　柯尔克孜人冲进他的宫廷，发现他的女儿娜克拉依正在园中散步。她很美貌，随身有40个侍女，全部被楚瓦克当战利品掠回。娜克拉依归玛纳斯所有，其余的侍女，都和别的勇士们结成良缘。

玛纳斯第三次出征别特巴克套地区的巴迪阔里汗。巴迪阔里属于卡勒玛克人的一支的芒额特人。巴迪阔里趁大汗王秦额什率军西征之机，占领了别特巴克套、塔吉克、卡里哈、土库曼等地方，并到处抢掠财物和牛羊。

玛纳斯的亲姐夫卡尔玛纳斯的牧场和巴迪阔里占领的地区很接近。卡尔玛纳斯惧怕巴迪阔里的强大，曾派使者去求和，表示愿意交纳赋税钱粮，但求不要骚扰安居的百姓。

由于玛纳斯连续刺死了卡勒玛克的两个汗王，巴迪阔里汗一腔仇恨不由得向卡尔玛纳斯发泄，不但没有接受求和的要求，还对使者尽情辱骂，发誓要占领柯尔克孜人的家乡，要抢回娜克拉依公主和40名侍女，要用铁蹄血洗柯尔克孜的村庄。

卡尔玛纳斯见求和无望，被迫积极备战，并向玛纳斯求援。于是巴迪阔里和玛纳斯在别克特巴套交锋。尽管巴迪阔里汗头戴金盔，身穿铁衣，辎重武器齐全，依然没有逃脱死于玛纳斯长矛的厄运。

玛纳斯第四次征战，是与哈萨克人联合征服卡勒玛克人，会战地

■柯尔克孜勇士

■ 柯尔克孜勇士壁画

犁 一种耕地的农具。由在一根横梁端部的厚重的刃构成，通常系在一组牵引它的牲畜上，也有用人力来驱动的，用来破碎土块并耕出槽沟从而为播种做好准备。

幻术 一种精神攻击的方法，通过自身强大的精神意念，和一些看来是不经意但却隐秘的动作、声音、图片、药物或物件使对方陷入精神恍惚的状态而在意识中产生各种各样的幻觉。幻术是一种虚而不实，假而似真的方术。

点在阿拉尼克，起因是卡勒玛克人的一支康卡依人的汗王多鲁斯汗与兑汗，掳掠了哈萨克的部落，使其春不能耕，夏不能牧，无家可归。

哈萨克的阔克确汗与玉尔必汗向玛纳斯求援。玛纳斯出阵，敌人转优势为劣势，难以招架。兑汗手下有驯象师，受命放出了32头大象，大象的鼻端绑着锋利的尖刀，把柯尔克孜人与哈萨克人冲得人仰马翻。其中最凶猛的象领队叫依姆。

依姆的身架简直像一座山，脚着地时"咚咚"作响，一踩一个坑。依姆一声怒吼，欲把玛纳斯撞倒，结果却被玛纳斯的宝剑砍倒在地。领头象一死，受了惊的象群自行溃逃，再也不听驯象师的指挥。

康卡依人恼羞成怒，又使用幻术天降一张大网罩住了玛纳斯。玛纳斯运足浑身力气把铁网挣开，断成碎片。兑汗被勇士们打死，他的女儿卡拉别尔克本是位女英雄，曾经起过誓，谁能战胜她，她就嫁给谁。

卡拉别尔克没有取胜玛纳斯，便向玛纳斯表示

了心愿。玛纳斯没有搭理，她在后面紧紧追赶，一直追到玛纳斯的家乡，当了他的第二个美女妻子。

被玛纳斯战败的多鲁斯逃到塔什干，与卡勒玛克另一汗王卡尔洛夫结盟。玛纳斯决定继续向塔什干进军，这便是玛纳斯的第五次出征。

卡尔洛夫推行强制作战的命令，而他的部下却有厌战情绪，所以首战即失利。卡尔洛夫欲行缓兵之计，向玛纳斯要求停战半年。玛纳斯答应了这个要求，也拒绝了敌人向玛纳斯供应粮草的条件。

玛纳斯把队伍带进丛林安营扎寨，那里有奇禽异兽，可以狩猎。他还带着勇士们伐木做犁，春耕播种，鞣皮革做套具，翻开了沉睡的土地，修水渠，种庄稼，换来了大地一片新绿。

半年已过，玛纳斯的队伍再次向塔什干进军。因为卡尔洛夫暴戾成性，迫使老百姓纷纷投奔玛纳斯。一群乌合之众，挡不住玛纳斯的进攻。结果，多鲁斯被杀，卡尔洛夫落荒而逃。玛纳斯请盟友乌兹别克的汗王森奇别克管理塔什干。

这次出征取胜以后，柯尔克孜人过了几年安居的和平生活。玛纳斯为了不使大家忘却战争，突然召集40勇士外出狩猎。他们翻过阿拉套大山，走了15天的路程，到达曲依城。

英雄赞歌

三大英雄史诗与内涵

■ 勇士雕塑

游牧 是终年随水草转移进行游动放牧的一种粗放的草原畜牧业经营方式。牧民长期无固定住所，过着逐水草而居的生活，生产设备相当简陋，经营非常粗放，基本处于靠天养草和靠天养畜的落后状态。游牧分为纯游牧和半游牧两种。

这里依山傍水，山无沟壑，土地肥沃，绿茵平整，气候宜人，比起他们的家乡撒马尔汗更宜于放牧。于是玛纳斯迁徙。经过这次大迁徙，曲依城便是他们的久居之地，改名为"塔拉斯"。这是玛纳斯除征战之外，一生所完成的一件大事。

玛纳斯第六次出征游牧人克依巴的统治者秦阿恰。秦阿恰作战无数次，所向无敌。过去曾有60名英雄死于他手下。

这次，秦阿恰因受空吾尔扇动，掠夺了克依巴，使这些手无寸铁的游牧人无家可归，只好逃到塔拉斯投奔玛纳斯，并得到了牲畜和落脚的地方。

可是不久便传来噩耗，凡是柯尔克孜的部落，都遭到秦阿恰袭击，玛纳斯决定非出征不可。

秦阿恰养了两个魔法师，能呼风唤雨，降下大雪冰雹，几乎使玛纳斯的军队陷于绝境。幸好此时玛纳斯已与异族英雄阿里曼别特结盟。

阿里曼别特掌握72种魔法，能让天空变换6次颜色，能让寒风向秦阿恰的人马猛刮，使敌人那边满地冰雪，满树冰凌。随之又红日高照，冰雪融化为洪水，滚滚波涛淹死秦阿恰的人马。

秦阿恰的队伍在洪流中沉浮，怨声不休。他本人在与玛纳斯直接交手时，对玛纳斯超凡的武艺，从心底里发出赞叹。他领教之余，甘愿挂出免战牌，就是在脖子上悬挂腰带，躬身屈膝，跪倒尘埃。

这6次征战都体现出了玛纳斯的英勇，和柯尔克孜族的勇士不畏牺牲、勇敢战斗、保护族人的精神。

对于玛纳斯最后一次征战，也就是第七次征战，更加体现出柯尔克孜族人们的战斗精神。

第七次远征是《玛纳斯》重点叙述的一场战争。这次与前6次有很大不同，不仅规模大，而且是勇敢与智慧的双重较量。真正的敌人是卡勒玛克的空吾尔，但直接交锋却不是空吾尔，而是他的傀儡艾散。

在史诗中，克塔依人的都城在贝京，空吾尔统治的地方是康卡依，二者唇齿相依。空吾尔的父亲阿牢开曾是迫害柯尔克孜人的卡勒玛克统治者，被玛纳斯赶走后，逃到儿子那里去了。

空吾尔时刻想为父复

■柯尔克孜勇士浮雕

狩猎壁画砖

仇，曾派人暗杀过玛纳斯，阴谋未逞。他跟艾散汗结盟，是为了从中挑拨克塔依人与柯尔克孜人的关系。

空吾尔跟艾散真正联盟以后，空吾尔对艾散不仅不尊重，而且日益暴露了蚕食的野心。他对艾散的控制、辱骂，都极大地伤害了克塔依人的自尊。空吾尔还经常突然袭击柯、哈两族，掠人当奴隶，使玛纳斯感到远征康卡依和贝京，势在必行。

为了远征，以玛纳斯为盟主的内七汗与外七汗召开了会议，共同商讨远征事宜，这是当时的最高军事会议。

巴卡依老人是内七汗之一，地位仅次于加克普，是玛纳斯的亲叔叔。这次出征，被任命为统帅。也许因为巴卡依年老了，也许因为连续出征取胜，人们滋长了自满情绪。

一路上，尽管人流滚滚，却涣散得令人吃惊，有的离队狩猎，有的下河摸鱼，有的下棋，有的做其他游戏。

并且从塔拉斯到贝京，地形多变。第一条路，翻山越岭，需要5个月。第二条路，敌人有重兵把守。第三条路很崎岖，不能骑马，只能步行。第四条路山高路险，云雾茫茫。第五条路是大戈壁。只有阿里曼别特熟悉。巴卡依深感自己不能胜任，提议改任阿里曼别特挂帅。

阿里曼别特看着涣散的军队愤怒了，说道："豹子玛纳斯，你在哪里？难道你就如此治军带兵？快让玩棋的把棋子扔掉，让睡觉的快快睁开眼睛！"

阿里曼别特上任后，整顿军纪，赏罚分明，军中编队整齐，只要有一人掉队便能发现。即使君王玛纳斯也得听从他的安排，跟普通士兵一样编入队伍，上花名册。按计划行军，任何人不能随意休息。阿里曼别特总是身先士卒，使战争连连获胜。

刚刚进入驻地，阿里曼别特与勇士楚瓦克成功地袭击了空吾尔的大马场，一次便获骏马9万匹。双方为了争夺马群，展开了肉搏战，空吾尔逃走，敌人尸积如山，拉开了远征大战的序幕。

艾散汗养了一个独眼巨人，叫"玛开里"，眼睛长在额头上，骑的犀牛有千尺高。一次能吃万头毛驴，还有青蛙、蛇和虫子。他跨海如履平地，行动如一座大山在移动。

这一巨怪向柯尔克孜人走去，谁也无法降伏，使阿里曼别特大伤脑筋。最后决定向独眼射击，果然，巨怪昏昏沉沉，终于死去。扫除了障碍，征战一直很顺利。

艾散汗内部有一批反战派。这些人身处将军之位，他们的儿子因一次偶然的机会，在荒野中受到柯尔克孜

花名册 "花名"就是"绰号"的意思。旧时登录户口册子，把人名叫做"花名"，户叫做"花户"。花，言其错杂繁多。"花名册"即由此而来。也特指军队或船队的官兵名册。

■勇士雕塑

■柯尔克孜少女雪雕

军队的照顾。这些少年安全回到家里，都一致劝说自己的父亲不要跟玛纳斯作对。

艾散汗见外有大军压境，内部的实力派不参战，空吾尔不公开露面，不得不议和。可是在议和的过程中，糊涂的艾散汗却放跑了柯尔克孜的真正敌人空吾尔，留下了无穷的后患。

不过，在和谈中，艾散汗表现出极大的让步。作为己方的首席代表，他向对方的首席代表献上了金银财宝和两个美女，其中一个美女是他特别心爱的，另一美女则是一位将军的女儿。

艾散汗表示愿将其国土通夏地方让出来，都城贝京向柯尔克孜人开放，他自己则迁到另一个叫坎吞的地方去。他还表示，为了和谈，要他交出王冠也愿意。这使玛纳斯很满意，决定将玉尔必留下管理贝京。大军准备班师。

战争的胜利使柯尔克孜族人们沉醉在狂欢中，除了阿里曼别特之外，上自玛纳斯，下至士兵，都麻痹大意，丧失了警惕，一心只等着回塔拉斯。

岂知，潜遁的空吾尔，并不甘心就此罢休，神不知鬼不觉地挖了一条很长很长的地道，直通玛纳斯的营地，并在一个黑夜潜入了玛纳斯的军营。

这时，玛纳斯正在看人们游戏，空吾尔突然用一把浸过毒汁的战斧，向玛纳斯脑后劈去。玛纳斯见亮光一闪，才觉得后脑奇痒，不能安眠，并发现一把战斧嵌在上面，且伤口很大，任何人也拔不出战斧，军营中也找不到可治斧伤的良药。

众将领决定派人悄悄地把君王送回塔拉斯。为了迷惑敌人，由玛纳斯的同父异母兄弟色尔阿克乔装君王，暂坐宝座。

空吾尔见敌营平静无事，简直怀疑自己动手时看错了人。不久，才得知玛纳斯已经返回。于是他以重金请到一个名叫"什普选依达尔"的最凶恶的神箭手兼神枪手。

此人百发百中，是阿里曼别特的同师学艺的师兄，且深通魔法。他专射对方的头颅和眼睛，凡被射中者，绝无生还的可能。

空吾尔召集了全部落的人，带上什普选依达尔，去追赶护送玛纳斯的队伍。双方恶战了15个昼夜，玛纳斯一方接连有5个最重要的大将

■歌舞浮雕

■ 古代战争场景

太阳穴 穴，就是人体穴位，是指某脏腑经络气血输注出入的部位，是针灸治疗的刺激点，又是某些病痛的反应点。太阳穴在耳部前面，前额两侧，外眼角延长线的上方。太阳穴在中医经络学上被称为"经外奇穴"，也是最早被各家武术拳谱列为要害部位的"死穴"之一。

被射死，他们是阔克确、阿吉拜、色尔阿克、楚瓦克，还有统帅阿里曼别特。

阿里曼别特劝玛纳斯尽快回塔拉斯，玛纳斯实际上却一直未离开战场，增加了统帅的负荷。楚瓦克头颅中箭以后，阿里曼别特驮上他的遗体，就在即将跃马的刹那间，一支毒箭正中他的太阳穴。

他坚持向前走去，想最后看一眼君王，不幸还没等到鱼㿟的玛纳斯赶到，他已闭上了双眼，走完了他英雄的征途。

这一噩耗传遍军营，无不悲恸。玛纳斯立即感到断了臂膀一样，又好似一团火光已经熄灭。壮志未酬身先死，玛纳斯大放悲声！玛纳斯英雄盖世，一下失去那么多亲密的战友，是他一生中最大的打击，犹如无翅之鹰，孤掌难鸣，悲痛欲绝。

在重创之下，玛纳斯端起了猎枪，把敌人打得似慌乱的蚁群。他逝世前，曾对自己作了评价：

我即将走完一生的里程，我怎样估计自己？我聚集了40多个少年，把他们由雏鹰培养成勇士。

　　我们都坚强地战斗，歼灭敌人。我把受尽苦难的柯尔克孜人，由受压迫的奴隶变成了强大的民族。

　　现在这一切都烟消云散了。我就要跟大家诀别，即将离开人世！

　　在《玛纳斯》的人物体系中，英雄玛纳斯的形象塑造得相当成功。玛纳斯是一位勇猛剽悍、能征善战、性格放荡不羁的勇士。

　　他大吼一声，则山崩地裂，洪水汹涌，黑云翻滚，闪电雷鸣。他挥舞长矛利斧冲入敌阵，所到之处人头落地，尸体如山，血流成河。

　　听到玛纳斯的名字，敌人魂飞魄散。玛纳斯既有盖世的勇力，辉煌的战绩也有惨痛的失败，狼狈的处境。在史诗的人物画廊中，玛纳斯是一位充满原始激情与新鲜活力，具有特殊艺术魅力的英雄形象。

　　在玛纳斯率领下所进行的波澜壮阔、气势宏伟的反抗异族侵略的战争，使史诗《玛纳斯》具有真正的民族史诗性质。

阅读链接

　　《玛纳斯》塑造的玛纳斯的英雄形象，讴歌了玛纳斯的各种优秀品质。

　　在史诗中，玛纳斯一生所从事的气吞山河的事业，全是为了自己的民族与人民，他既真挚善良，又粗犷狂放，是一位性格饱满的英雄人物。并且，史诗同样没有掩饰他的缺陷，将他塑造成了一个有血有肉的人物形象。

　　在史诗中，玛纳斯有时表现得勇而少谋，刚愎轻敌，甚至连亲人的劝告也听不进。例如，玛纳斯不听爱妻卡妮凯的劝告，要对克塔依人进行一场远征，以致重伤逝世。

玛纳斯后代的英雄事迹

玛纳斯逝世后，柯尔克孜族人民重新陷于灾难之中。后来，玛纳斯的后代为了柯尔克孜族的人民的幸福生活，带领人们投入了战斗。

说唱艺人们通过玛纳斯后裔共8代的战争经历，组成了史诗《玛纳斯》的后7部。

■柯尔克孜人雪雕

■ 勇士铜像

《玛纳斯》的第二部名为《赛麦台依》。赛麦台依是英雄主人公玛纳斯的儿子。

英雄玛纳斯的葬礼刚刚结束，一场家族内讧爆发，玛纳斯的同父异母兄弟阿维开与阔别什在父亲加克普的指使下，阴谋要将玛纳斯之子赛麦台依扼杀在摇篮之中，夺取王位。

卡妮凯闻讯后带着儿子赛麦台依逃到布哈拉的娘家，从此柯尔克孜部落的政权被阿维开、阔别什所篡夺。这两个人夺得政权后，对忠于玛纳斯的勇士和首领进行残酷的迫害，对广大柯尔克孜群众更是野蛮统治和残酷压榨，柯尔克孜人民又陷入水深火热之中。

赛麦台依在12岁时，得知自己的身世后毅然返回故乡，并在巴卡依老人的帮助下铲除内奸，重振柯尔克孜族大业。

青考交与托勒托依勾结在一起以重兵包围了阿昆汗的城堡，企图强娶阿昆汗之女、赛麦台依指腹为婚的未婚妻、美丽的仙女阿依曲莱克。

指腹为婚 是我国古代的一种特殊嫁娶形式。旧时婚姻风俗。双方家长，于孩子尚未出生之时，即约定为婚姻。又有怕男女长成后，互不相认，或一方不守信诺，将衣襟裁为两幅，各执一幅为凭证者，称"指腹裁襟"或"指腹割衿"。

仙女 原指神话中在天上有一定地位的年轻女子，她们都具有魅力的容貌，并且身材丰满而优美，起伏微妙，凹凸自然，姿态婀娜多姿，却毫无弱不禁风之感。同时也用来形容年轻的女子非常漂亮。

■古代战争场景

在敌人重重包围城堡的紧急关头，阿依曲莱克化为白天鹅飞上蓝天，去寻找未婚夫赛麦台依。她用各种神奇的变化法术把赛麦台依及其两位贴身的勇士古里巧绕和坎巧绕带到城堡。

赛麦台依率领勇士们与敌人展开血战，最后杀死了青考交和托勒托依，并与仙女阿依曲莱克结婚。

克塔依部的首领空吾尔巴依在经历了与玛纳斯的别依京大战之后，元气大伤，经讨12年的休养生息之后，又组成一支劲旅，他趁赛麦台依羽翼未丰之时，再次进犯柯尔克孜部族，将赛麦台依困在城堡中。

史诗中，英雄主人公赛麦台依公正、善良、勇敢无畏、感情炽烈，真诚的形象与贾克甫、阿维开、阔别什等的形象构成鲜明的对比。

史诗融气势宏伟，震撼人心的激烈战斗场面与抒情的爱情描述于一体，成为柯尔克孜族民间文学的典范之作。赛麦台依与阿依曲莱克的爱情故事，成为千古绝唱，被世代"玛纳斯奇"颂扬。

第三部《赛依台克》，描述第三代英雄赛麦台依之子赛依台克严惩内奸，驱逐外敌，重新振兴柯尔克孜族的英雄业绩。

《玛纳斯》第三部在内容上与第一部、第二部相呼应。其中前半部大部分内容还是第二部中的主要人物的活动，如坎巧绕与克亚孜相勾结叛乱活动以及篡位后对赛麦台依的妻子阿依曲莱克、勇士古里巧绕、巴卡依等人的迫害等。既有一定的独立性又与前两部有十分密切的联系。主题思想与前两部史诗一样，反映英雄主义、保卫家乡精神，表现了主人公赛依台克在内忧外患之中进行英勇抗争，并拯救流落他乡受苦受难的人民的英雄事迹。

赛依台克还未出生，其母亲阿依曲莱克就沦为克亚孜的奴隶。她想方设法与克亚孜周旋，把女巫变成自己的替身去陪克亚孜睡觉，自己则一心一意保护着腹中的胎儿。为怕引起克亚孜的怀疑，阿依曲莱克用法术将赛依台克在体内怀了3年多才让其出生。

当克亚孜怀疑赛依台克是赛麦台依的遗腹子，千方百计想杀害他，阿依曲莱克历经千辛万苦，凭借智慧和勇敢，保护抚养赛依台克长成大人。

赛依台克12岁时按照阿依曲莱克的计谋，再三请求克亚孜同意他上山管理马群，阿依曲莱克利用儿子管理马群之便请来英明神医为古里巧绕治疗肩胛骨使他恢复元气。

奴隶 通常指失去人身自由并被他人任意驱使的人。"奴"和"隶"这两种奴隶名称在先秦时代都已存在，"奴隶"一词却是在汉代之后的著作里才出现的。奴隶可以通过逃亡、赎身、立功等行为重新成为自由人。

■勇士雕塑

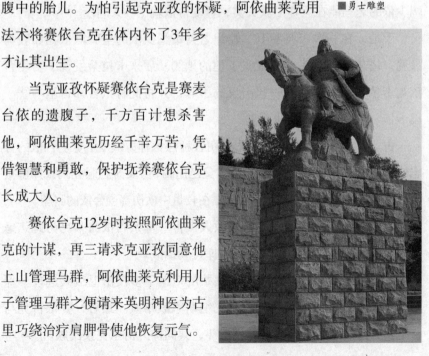

■柯尔克孜族孩子

　　赛依台克在巴卡依、古里巧绕等帮助下，经过苦战杀死了把性命寄存在羚羊体内、木箱中、麻雀身上的克亚孜。回到故乡后处死篡权者坎巧绕，报了杀父之仇，重新夺回汗位，使人们又重新获得幸福生活。

　　卡妮凯始终不相信儿子赛麦台依死去的消息，她预测如果老英雄阔少依的老马能在竞赛中获头奖，赛麦台依就还在人间。

　　于是，在一次庆典赛上，她让老英雄阔少依的坐骑塔依托茹骏马参赛，塔依托茹获头奖并证实了她的预测。后来卡拉朵发现了赛麦台依与卡依普山中的仙女一起出没的影踪，并将此喜讯告知古里巧绕、巴卡依、卡妮凯、阿依曲莱克。

　　古里巧绕等找到了赛麦台依并用各种法术神力恢复了赛麦台依的神志使他重返人间。萨日巴依为了给祖父巴迪阔勒、父亲独眼龙玛德库里报仇雪恨，向赛麦台依、赛依台克挑战，在较量中砍伤赛麦台依的胳膊。

　　赛依台克在战争中几次险遭敌人谋害。母亲阿依曲莱克为此焦虑不安，请来卡依普山中的善战女神库娅勒助战。

　　赛依台克便在库娅勒和阿敏姑娘的帮助下多次击退敌人进攻，保卫了柯尔克孜人民的利益，重振玛纳斯家族雄风。最后，赛依台克与善战女神库娅勒结为夫妻，并肩战斗，共同保卫柯尔克孜民族。

《赛依台克》有很多变体在民间流传，其中较完整的是居素普·玛玛依的唱本。作为整部史诗的第三部，《赛依台克》是一部具有艺术性和研究价值的作品，在8部史诗连贯性方面起承上启下的重要作用。

第四部《凯耐尼木》，述说第四代英雄赛依台克之子凯耐尼木。

凯耐尼木是玛纳斯家族中第四代英雄，是赛依台克之子，由女神库娅勒所生。他继承了父亲的巨人体魄，又具备了母亲善战的本领。一生战斗不息，战功显赫。为了人民的利益多次与恶魔般的敌人进行决战，最终消灭强敌，给生活在水深火热中的人民带来幸福美满的生活。

史诗中叙述他先后与以人肉为食的秦额什以及精通魔法，在世上活了8000年的蛇头石身魔王居仁多等给人民带来无数灾难的巨人进行斗争，最终取得胜利的英雄事迹。

凯耐尼木出生后，一直至7岁，食量惊人，却不会走路，如痴如呆。凯耐尼木9岁时，驼队有人来报，在阿依托别，阿依吐木什人的首领秦额什残害百姓，生吞活人。

其祖父赛麦台依与古里巧绕、阔勒木萨尔克、库娅勒等众英雄出征，讨伐吃人魔王秦额什，反被秦额什用魔法将赛麦台依一行人马诱

■柯尔克孜人

入深山，围困在山涧魔鬼湖上。

消息传开，躺在床上的凯耐尼木突然奇迹般跳起来，跨上坎库拉骏马，连根拔起一棵柳树，当作武器，横扫敌军，把赛麦台依等人救出魔窟，平安回到塔拉斯。

之后，凯耐尼木杀死居仁多，啖其舌头，顿时，他通晓了世间万物之语言。他与鱼王结盟，与神鸟交友。最后，杀死了秦额什，带上了秦额什之女绮妮凯回塔拉斯。

不久，巴卡依、卡妮凯、赛麦台依、阿依曲莱克、古里巧绕等人在一次大战中骤然消失。塔拉斯遭暴风雨袭击，人畜死亡，凯耐尼木病卧在床。

此时，卡勒玛克人、伊斯法罕人联合进犯柯尔克孜地区，凯耐尼木不顾大病初愈骑马出征，打败了敌人，生擒了罪大恶极的达比塔依，惩处了背叛人民的萨拉玛特，保卫了家乡人民的安宁。

凯耐尼木是个最具有神话色彩的人物，他神威盖世，通万物之言，知万物之灵，又具有震慑万物的威严。

他是一名战无不胜、攻无不克的常胜将军，自从他9岁下地走路起，活了百余年，打了百余次仗，几乎从未打过败仗。因而被称作"黄脸死神"，无论是巨人、妖魔鬼怪，只要与他交手，定是死路一条。

在这部史诗中，凯耐尼木铲除暴君克斯莱提一节极具特色，几乎成为整部史诗中战争描写的典范，以及人民性主题史诗的典范。

他又是一个跨越三部史诗的重要人物，成为玛纳斯家族中三代人的主心骨和保护神。凯耐尼木的母亲是善战女神库娅勒，因而在他身上反映出很多神话色彩极浓的事迹和表现。

玛纳斯奇以丰富的想象力，在他身上注入的神话因素，不仅表现在其外貌和行动上，而且表现在其坐骑、兵器、铠甲以及他身边的一切事物中，使他生活在神话世界之中，《凯耐尼木》成为全部《玛纳斯》中神话色彩最浓的一部。

第五部《赛依特》，讲述第五代英雄凯耐尼木之子赛依特斩除妖魔，为民除害的事迹。

凯耐尼木之子赛依特从小随父出征，为家乡和人民的安宁进行英勇的斗争。9岁起就代父出征，统率千军万马，与强敌进行英勇的搏斗。

赛依特先后到过科尔科特、库都斯、巴格达等地，征讨抢掠人民财产、抢占民女的巨人卡拉朵，经残酷的搏斗，终于杀死巨人卡拉朵，救出了被囚禁的美女阿勒特纳依、确勒波纳依，以及科尔科特汗王苏莱玛特和其女克勒吉凯，使亲人们获得

■英雄雕塑

> **死神** 又被称为勾魂使者。我国古代神话中，有众多神灵，其中之一便是掌管生死的神，被称为死神或勾魂使者，是指掌管人寿命的神灵。

■ 柯尔克孜勇士浮雕

神鸟 指各种神话传说中有灵性的神奇鸟类。例如凤凰、毕方、九头鸟、狮鹫、不死鸟等。在中国，有时"神鸟"一词可以特指"凤凰"。

凤凰 古代传说中的鸟王，雄的叫"凤"，雌的叫"凰"，通称"凤凰"。凤凰在远古图腾时代，被视为神鸟而予以崇拜，是原始社会人们想象中的保护神，经过形象的逐渐完美演化而来，居百鸟之首，象征美好与和平，也是吉瑞的象征。

自由并与家人团聚。

赛依特对苏莱玛特之女克勒吉凯一见钟情，倾心爱慕，真诚地向苏莱玛特求婚。但是苏莱玛特不但不感激赛依特的救命之恩，而且设置种种障碍，提出种种苛刻的难题，意欲阻止这门美好的婚姻。

苏莱玛特要求赛依特去大海彼岸的青色坟墓中取来宝石、抓来难以到手的凤凰，并要求在婚礼中除了举办各种游戏外，还要用鱼宴招待宾客。

赛依特在心上人克勒吉凯的帮助下，经过无数次磨难，不但取来了宝石，作为聘礼，送给苏莱玛特，而且还将取来的大量金银散发给民众。

同时赛依特还从巨人卡拉朵的囚笼中救出神鸟。在勇士比赛中连获三项冠军，并以盛大的鱼宴，热情款待了八方客人。

这一切，虽赢得了公主克勒吉凯的爱情，但苏莱玛特仍不安心把女儿嫁给赛依特。他勾结卡拉朵巨人的儿子，联合居仁多的7个儿子及7头女妖带领兵将，在赛依特与克勒吉凯回塔拉斯的路上进行堵截追杀。

7位巨人和7头女妖暗中设置的重重障碍都被赛依特和妻子克勒吉凯设法以智慧和神力化解。在这种情况下，他们又将赛依特夫妇骗至人迹罕至、进去出不来的红色沙漠之中，以各种魔法进行较量。

这是一场斗智、斗勇、斗法的大战，又是一场正义与邪恶、美与丑、善与恶之间的大决斗，这场战斗在《玛纳斯》中被称作《红沙漠之战》，是全诗中最有影响的大战之一，且有多种变体流传。

在红沙漠大战之中，赛依特与爱妻克勒吉凯并肩携手，进行了一场惊天动地的大决战，最后战胜了众魔，杀死了7位巨人和7头女妖，双双回到塔拉斯。

赛依特回到塔拉斯后，又出兵援助柯尔克孜节迪盖尔部，打败了来犯之敌，之后又多次战胜了形形色色的敌人，保卫了柯尔克孜族各部落人民的平安，使人民过着幸福欢乐的生活。

赛依特在22岁时，又想重蹈祖先玛纳斯的覆辙，举兵远征别依京。父亲凯耐尼木据理劝告，他始终听不进去，最后在出兵途中因火

■柯尔克孜勇士浮雕

枪走火而丧生。

第六部《阿斯勒巴恰、别克巴恰》，讲述阿斯勒巴恰的夭折及其弟别克巴恰如何继承祖辈的事业，继续与卡勒玛克的统治进行斗争。

22岁的赛依特死后，柯尔克孜部落由父亲掌管。不久赛依特的妻子克勒吉凯生下了赛依特的遗腹子双胞胎阿斯勒巴恰和别克巴恰，这两个孩子在祖父凯耐尼木的照顾下成长。

■ 柯尔克孜人浮雕

当兄弟两个长到12岁时，祖父便将国家大事交给他们共同执掌。兄弟二人兢兢业业，将柯尔克孜部落治理得国力殷实，人民富庶。

阿斯勒巴恰15岁时便骑马出征，不仅有着玛纳斯的威严，而且有众多保护神紧随左右，鞍前马后，进行护佑。

当阿斯勒巴恰得知萨克恰克等5位勇士阴谋破坏先祖玛纳斯的陵墓时，就奋不顾身地单人独骑与5位勇士展开了搏斗，并杀死了5位勇士，保卫了玛纳斯的陵墓，从而更受柯尔克孜人的拥戴。

后来阿斯勒巴恰与妖术多端的克孜勒克孜斗智、斗法，展开较量，并战胜了这位妖女。在他25岁时，在战场上被阔勇阿勒普误杀。

祖父凯耐尼木悲痛万分地把国家大事交给别克巴恰后，抱着阿斯勒巴恰的尸体奔出了宫殿，消失在冰山雪岭之中。别克巴恰继承了哥哥未竟的事业，承担独立治理国家的重任。

由于王兄的不幸逝世，别克巴恰想到了从祖先玛纳斯起，几百年来，为柯尔克孜族人民的安居乐业英勇奋斗牺牲的几代英烈，为此他在汗国内举行了一次全民族的盛大祭典，以祭祀、悼念40多位英灵。在祭典中击败了杭爱山五部的捣乱和破坏，杀死了抢掠柯尔克孜、哈萨克部的强敌奥托尔和吐克突库尔特，壮大了柯尔克孜部的声威。

青年别克巴恰以非凡的英雄气概，先后战胜了卡勒玛克、唐古特、芒额特等部的武装入侵，保卫了柯尔克孜部落的安全。不久率军抗击玛德勒的入侵，经过几番苦战，铲除恶魔。

为了追击敌人，别克巴恰在最后一次远征中身负重伤，并被狠心的前妻在洗澡水中放入毒药。别克巴恰虽未立即死去，但因中毒后全身奇痒难禁，在返回路上不停地在树身上蹭、在石头上磨得皮开肉绽，血肉模糊，被坐骑驮回家后身亡。

别克巴恰是一个悲剧式的人物，在他身上充满了悲剧色彩。他虽然对部落、对人民、对上对下充满了亲情和友爱，为群众办好事，且又具有超人的英雄气概和战胜一切强大敌人的能力，但他不是壮烈地战死沙场，而是被自己曾经钟爱过的人所害。

诗中融入了大量的柯尔克孜族神话及民间文学的古老母题，使别克巴恰成为十分生动感人的形象，具有强烈的英雄主义气概和悲剧特色，这既是别克巴恰的特点，也是本部史诗的特色。

第七部《索木碧莱克》，讲述第七代英雄别克巴恰之子索木碧莱克如何战败卡勒玛克、唐古特、芒额特部诸名将，驱逐外族掠夺者。

别克巴恰死后，其妻阿克芒额达依悲痛万分，

■柯尔克孜英雄雕塑

武艺 又称武术，指打拳和使用兵器的技术，是中国传统的体育项目，又称国术。其内容是把踢、打、摔、拿、跌、击、劈、刺等动作按照一定规律组成徒手的和器械的各种攻防格斗功夫、套路和单势练习，是中华民族的优秀文化遗产之一。

在她生下别克巴恰的遗腹子后，便离开人世。索木碧莱克被舅父领走，秘密收养。

别克巴恰和阿克芒额达依死后，柯尔克孜部落因无主陷入混乱中，内部沉渣泛起，企图复辟；外部强敌蠢蠢欲动，企图重新侵入柯尔克孜部落，统治和奴役柯尔克孜群众。

当芒额特人卡勒都别特长大成为英雄后，知道了自己的汗王父亲就是被柯尔克孜人杀死的，又听说柯尔克孜英雄别克巴恰死了，便纠集芒额特人和唐古特人向柯尔克孜人报杀父之仇，发誓要让柯尔克孜人倒在血泊之中，无人敢起来反抗。

芒额特人和唐古特人对柯尔克孜人的野蛮报复和统治达10多年。当索木碧莱克长到15岁时，辞别舅父，回到故乡，得到人民的拥戴，获得战袍、骏马和武器，与入侵者进行多次战斗，将敌人一一打败。

■柯尔克孜勇士雕塑

一日，有人来报信求援，说呼罗珊人阔罗木朱进犯须库尔路地区，要强占卡尔玛纳之女特尼木罕为妾。卡尔玛纳请求少年英雄索木碧莱克前去解救。

索木碧莱克闻讯，提枪跨马，前去解救。经过恶战，杀死阔罗木朱，打败侵略者，赢得须库尔路柯尔克孜人民的爱戴。

索木碧莱克返回故乡后，去拜谒祖先的陵墓。忽然，从玛纳斯的墓中传出响声，顿时火光熊熊，洪水汹涌。中间，有一株奇娜尔树枝叶繁茂，郁郁葱葱，这是预兆，英雄将会遇到灾难。

■柯尔克孜勇士雕塑

后来，索木碧莱克与芒额特人较量不幸受伤死去。全诗用浪漫主义的手法，歌颂了索木碧莱克的英雄主义气概和为民献身的精神。

第八部《奇格台依》主要记述了玛纳斯家族最后一代英雄奇格台依东征西战，为柯尔克孜部的安宁和友好邻邦哈萨克等部的安危而奋斗不息、战斗不止的英雄事迹。

索木碧莱克在与劲敌芒额特人战斗中牺牲不久，其妻在难产中丧生。索木碧莱克的遗腹子奇格泰刚一落地就成了孤儿，叔父玛德别克收养了他。

叔父玛德别克视他如掌上明珠，不让他有丝毫委屈。奇格台依在叔父的精心呵护与培养下，从小苦练武艺，到了七八岁时，已经是一位精通武艺、力大超群的少年勇士。

就在奇格台依9岁那年，杭爱山芒额特部的卡拉都别特之子奥吐尔，率杭爱山5部落，统15万大军，向哈萨克、柯尔克孜部落发动了猛烈的进攻，企图在奇格台依尚未长大成人之际，打败柯尔克孜部，以报从玛纳斯到索木碧莱克几百年来杭爱人与柯尔克孜人的几世之仇。

杭爱山部的联合大军首先攻占了哈萨克部，活捉了被索木碧莱克辅佐的汗王灭迭尔汗，对哈萨克人疯狂凌辱与掠夺。灭迭尔汗的妻子阔阔依女扮男装，星夜奔赴塔拉斯，向奇格台依求援。

年仅9岁的奇格台依，少年气盛，当即告别叔父玛德别克，挺枪跃马，准备出征。行前，有40位小勇士要随他出战，他坚决拒绝，而是一人一骑出征。

经过一场血战之后，终于打退了奥吐尔等顽敌，重新恢复了哈萨克族内的安宁和人民的幸福。但是败回杭爱山的奥吐尔并不甘心失败，而是暂避锋芒，以为缓兵之计。

经过一段时间的穷兵黩武、秘密策划之后，他们又重新勾结喀拉克塔依人，率大军再次侵入哈萨克部落，夺取了哈萨克汗王的王位。

少年英雄奇格台依听到消息后怒火万丈，再次跨马出征，战胜强敌，并以勇追穷寇的精神，穷追不放，直至将败兵彻底消灭。

少年奇格台依尚未娶妻就英年早逝，玛纳斯祖孙八代英雄为柯尔克孜部落的兴旺繁荣，奋发图强、励精图治的英雄故事到此结束。

史诗着意刻画了柯尔克孜英雄汗王玛纳斯的光辉形象。玛纳斯为了反对异族的残酷统治，为使本民族和其他受压迫民族的人民过上安定富裕的生活，南征北战，击败许多敌人，逐步统一柯尔克孜汗国。

阅读链接

在《玛纳斯》第三部《赛依台克》中，赛依台克是仙女所生，又娶仙女为妻，是《玛纳斯》中与仙女有直接关系、来往最多的人。他一有难就会得到仙女的救助，几乎是在仙女的护佑下，在仙女群中生活了一生的。

赛依台克的故事大都与仙女有密切的关系，这就形成了本部史诗的一大特点。

另外，赛依台克又是玛纳斯家族中活得岁数最长的一位英雄，在他的后代子孙的生活和战斗中，经常有他的身影出现，且他一出现，往往可以为子孙带来福音，逢凶化吉。

文学史上一颗耀眼的明星

玛纳斯是盖世英雄的名字，也是史诗的总称。《玛纳斯》是以保卫家乡追求和平为内容，歌颂爱情，歌颂英雄主义精神，同时英雄史诗也是柯尔克孜民族精神文化的巅峰。

《玛纳斯》的每一部都可以独立成篇，内容又紧密相连，前后照应，是典型的谱系式叙事结构英雄史诗，每部均表现出一代具有家族

■柯尔克孜勇士雕塑

■ 柯尔克孜人雕塑

世袭英雄的传奇故事。

自玛纳斯到他的后代英雄，富有浪漫主义色彩的悲壮业绩构成了史诗的全部内容。史诗气势恢弘，扣人心弦，是文学史上一颗耀眼的明星，具有空前绝后的震撼力。

史诗以诗歌的语言讲述柯尔克孜族的族源，以娓娓动听的故事，将听众引入远古时期，柯尔克孜人的生活画卷。

其中的丰富联想和生动比喻，均与柯尔克孜族人民独特的生活方式、自然环境相联系，充分展示出柯尔克孜人独到的文学表现力和审美情趣。

史诗中常以高山、湖泊、急流、狂风、雄鹰、猛虎来象征或描绘英雄人物，并对作为英雄翅膀的战马，作了出色的描写。

史诗中，仅战马名称就有白斑马、枣骝马、杏黄马、黑马驹、青灰马、千里驹、银耳马、青斑马、黑花马、黄马、青鬃枣骝马、银兔马、飞马、黑儿马、银鬃青烈马、短耳健马等。史诗中出现的各类英雄人物都配有不同名称和不同特征的战马。

史诗在艺术方面表现出柯尔克孜人高超的技艺和独具匠心的天资。《玛纳斯》是具有无限生命力的经

格律诗 诗歌的一种。格律诗是指唐以后的古诗，分为绝句和律诗。按照每句的字数，可分为五言和七言。篇式、句式有一定规格，音韵有一定规律，变化使用也要求遵守一定的规则。

典之作，它既是柯尔克孜人文学发展的高峰，又是流传千古的艺术精品。玛纳斯是柯尔克孜人心目中的崇高形象，更是永远追求向往的精神境界。

《玛纳斯》几乎包含了柯尔克孜族所有的民间韵文体裁，既有优美的神话传说和大量的习俗歌，又有不少精练的谚语。

《玛纳斯》是格律诗，它的诗段有两行、三行、四行的，也有四行以上的。每一诗段行数的多寡，依内容而定。每个诗段都押脚韵，也有部分兼押头韵、腰韵的。每一诗行多由7个或8个音节组成，亦间有11个音节一行的，各部演唱时有其各种固定的曲调。

柯尔克孜民族是一个具有悠久历史和文化传统的古老民族，是一个勤劳善良、憨厚质朴、勇敢彪悍、充满智慧的马背上的民族。他们创造了以英雄史诗《玛纳斯》为标志的丰富多彩的口头文学非物质文化遗产，令世人佩服。

顶礼 顶礼指跪下，两手伏地，以头顶着所尊敬的人的脚，是佛教徒最高的敬礼。顶礼膜拜，即两膝、两肘及头着地，以头顶敬礼，承接所礼者双足。向佛陀圣像行礼，舒二掌过额、承空，以示接佛足。又称头顶礼敬、头面礼足、头面礼。

柯尔克孜的民族魂

玛纳斯

■柯尔克孜勇士雕塑

■ 萨满巫师

礼 在中国古代是社会的典章制度和道德规范。作为典章制度，它是社会政治制度的体现，是维护上层建筑以及与之相适应的人与人交往中的礼节仪式。作为道德规范，它是国家领导者和贵族等一切行为的标准和要求。礼是一个人为人处事的根本。也是人，之所以为人的一个标准。

《玛纳斯》的主人公玛纳斯生长和主要活动地域均在我国新疆境内，它是中华民族优秀传统文化的重要组成部分，是柯尔克孜人民的骄傲，也是我国各族人民的骄傲和自豪。

《玛纳斯》是一部规模宏伟，色彩瑰丽的英雄史诗，是一部珍贵的文学遗产，它具有很高的人民性和艺术性，有极高的学术价值，是人类文化遗产中的宝中之宝。被国外学者誉为世界文化宝库中的一颗璀璨的明珠。

《玛纳斯》讴歌了柯尔克孜族人民与外入侵者及各种邪恶势力进行顽强斗争的英雄事迹，在历史上它对本民族人民产生过巨大的鼓舞力量，因此，深受人民的喜爱和爱戴，千百年来被人们代代传诵。

《玛纳斯》不止是一部珍贵的文学遗产，而且也是研究柯尔克孜族语言、历史、民俗、宗教等方面的一部百科全书，它不仅具有文学欣赏价值，而且也具有重要的学术研究价值。

如史诗中出现的古老词汇、族名传说、迁徙路线，古代中亚、新疆各民族的分布及其相互关系，大量有关古代柯尔克孜族游牧生活、家庭成员关系、生产工具、武器制造及有关服饰、饮食、居住、婚丧、祭典、娱乐和信仰伊斯兰教前的萨满教习俗等，都是非常珍贵的资料。

《玛纳斯》是柯尔克孜族的天才创造，有很高的现实生活性，其中包括复杂，离奇的柯尔克孜族，历来信仰的各种宗教文化因素。

在史诗《玛纳斯》中可以看到与这些丧葬习俗相似的描述。如史诗中英雄阔克台去世前嘱咐道：

> 我去世后，
> 把我身上的肉用剑割出来，
> 用马奶洗，
> 用察热依那粘，
> 用布力噶尔皮裹，
> 把我的白锅垫在我的头上，
> 用黑玛合玛里裹起来，
> 放在路下面，
> 在路上面的，
> 朝着月亮的阿克萨热依中，
> 放在朝着太阳的阔克萨热依中。

柯尔克孜人服饰

这不仅反映出柯尔克孜族古代丧礼习俗，也在一定程度上反映了柯尔克孜族袄教，就是拜火教的信仰。

史诗中还有这样的诗句：

> 让神圣的阿孜神来惩罚我！
> 让伟大的阿斯蒂尔神帝惩罚我！

韵文 古时诗文的一种表现形式，指作诗时先规定若干字为韵，各人分拈韵字，依韵作诗。韵文是讲究格律的，通常大多数韵文要使用同韵母的字作句子结尾，要求押韵的文体或文章有赋、诗歌、词曲等。

这是英雄玛纳斯发誓时说的话。誓言中提的人物一般有很大威力的，这里的阿孜神，指的是柯尔克孜族部落首领阿孜的灵魂。

《玛纳斯》中所反映的柯尔克孜族的饮食、服饰、风俗习惯，还有各种禁忌、民间信仰以及它们的形成、流传，都跟柯尔克孜族所信仰的各种宗教有关，它是一部具有深刻人民性和思想性的典型英雄史诗。

另外《玛纳斯》为口头传承史诗，就是这些史诗是在民众中口耳相传的活着的史诗。

《玛纳斯》虽然有些手抄本、木刻本在流传，然而，在柯尔克孜人居住的深山，史诗《玛纳斯》的演唱活动，在民族活动中仍然占有重要位置。

史诗有纯韵文体史诗与散韵结合体史诗。纯韵文体史诗采用"演唱形式"，民间艺人在演唱史诗时，从头唱到尾，中间没有讲的部分。

散韵结合体史诗是采用"说唱形式"，有唱有讲。民间艺人演唱史诗，有采用乐器伴奏的。但是，绝大多数民间艺人演唱史诗不用乐器伴奏。

史诗中人物的喜怒哀乐的情感，主要通过演唱者的

■ 柯尔克孜族服饰

面部表情、手势以及演唱曲调加以表现。

"活形态"史诗的传承，有两个必不可少的条件：一是有记忆力超凡、才华出众的史诗演唱者，就是民间艺人；二是有痴迷于史诗的听众。

史诗传播活动的主体是民间艺人与听众，而听众的作用尤为重要，从某种意义上说，听众是口头流传史诗传承的灵魂，史诗是一个以文学审美价值为中心的多元价值复合体。

然而，史诗的文学审美价值、认识价值、思想价值、教育价值、消遣娱乐价值等，实质上仅仅是"潜价值"。只有当史诗的接受者，即听众接受史诗，史诗的"潜价值"才能发挥作用，产生效应。

听众不是被动的接受者，他们的审美理想、憧憬与愿望以及他们对于史诗的理解，直接影响着民间艺人的即兴创作与演唱内容。听众也直接参与了史诗的创作活动。

可以说，没有听众，史诗不可能形成、发展，没有听众，史诗也不可能流传至今。从这层意义上讲，听众是史诗的生命。

史诗只要是在民间口头流传，它就会发展，会发

■ 柯尔克孜族风情

说唱 是曲艺表演的一种形式，有说有唱。我国传统的说唱有变文、评话、快书、大鼓、相声、弹词、道情和宝卷等。此外，少数史诗也是采用说唱形式流传下来。

■柯尔克孜族头饰

生变异。史诗在漫长的口头传承过程中，各个时代的史诗演唱艺人，都在不断地在史诗中加进自己的即兴创作成分，因而，每部史诗都有多种异文，各种异文在内容上有别，艺术风格有异。

所以，《玛纳斯》在千百年来的传唱中，由于演唱者对史诗的雕琢加工，产生了不同风格的异文。

《玛纳斯》篇幅宏大，其中最有名的是玛纳斯及其后世8代英雄的谱系式传奇叙事诗，长达23.6万行，反映了柯尔克孜人丰富的传统生活，是柯尔克孜人的杰出创造和口头传承的"百科全书"。

阅读链接

我国著名玛纳斯奇居素普·玛玛依演唱的《玛纳斯》，是内容最丰富的《玛纳斯》。玛纳斯奇居素普·玛玛依从小就生活在热爱《玛纳斯》 熟悉《玛纳斯》的家庭中，耳濡目染，受到熏陶，从小便对《玛纳斯》产生浓厚兴趣，家传对于居素普·玛玛依成为大玛纳斯奇起到了至关重要的作用。

居素普·玛玛依为了使史诗更有趣味性，在原来的基础上根据史诗情节即兴发挥，添加一些表情和手势动作，变换音调，有时高潮，有时低潮，等等，以高昂的姿态慷慨激昂，形成了自己独特风格，风格高雅，把听众带入趣味当中，深受柯尔克孜族人民的喜爱。

居素普·玛玛依把毕生的精力献给了民族文学，为弘扬柯尔克孜民族文化呕心沥血，被誉为"活着的荷马"。